JAN SNELA

MILCHGESICHT

EIN BESTIARIUM DER LIEBE

KLETT-COTTA

FSC
www.fsc.org
MIX
Papier aus verantwortungsvollen Quellen
FSC® C014889

Klett-Cotta
www.klett-cotta.de

Printed in Germany
Umschlag: ANZINGER | WÜSCHNER | RASP, München
Unter Verwendung des Bildes »Jungfrau mit Einhorn«, 1604–05
von Domenico Zampieri © Palazzo Farnese, Rom / De Agostini
Picture Library / Bridgeman Images
Gesetzt in den Tropen Studios, Leipzig
Gedruckt und gebunden von
Friedrich Pustet GmbH & Co. KG, Regensburg
ISBN 978-3-608-98307-4

INHALT

für A.

Täglich geh' ich heraus,
und such' ein Anderes immer …

FRIEDRICH HÖLDERLIN,
MENONS KLAGEN UM DIOTIMA

MILCHGESICHT

Es war ein Mittwoch und Zeit für mein Milchbad. Aber die kantig verpackte, auf Höfen aus Eutern gesuckte, weiße, ich weiß: von Kühen für Kälber den dauerverdauten, im Wind weh'nden Gräsern entschnaubte, geraubte, verrührte, maschinell Molkerei'n zugeführte, von Lastwag'n in Supermärkte chauffierte Flüssigkeit reichte bei weitem nicht aus, um damit meine Wanne voll zu machen. Ich holte Sahne und Schmand aus der Küche und schüttete sie auf die neunzehn Liter drauf, die Melchior, der Schrank, noch hergegeben hatte. Wie's aussah würde ich mehr Milch kaufen geh'n müssen. Nur wo?! Die Geschäfte hatten alle schon zu. Zur Tankstelle also? Im Grunde konnte ich's mir ja leisten. Hatte ich doch Monate mit dem Weißeln von Wänden verbracht und Geld wie Heu. Ich zog also los.

Bevor ich aufbrach, präparierte ich aber noch ein Stirnband.

Meine Freundin Karen hatte vor vier Monaten mit mir Schluss gemacht und beim Auszug alles mitgenommen: den Sandwichmaker, das Hochbett, den Vorgänger Melchiors … Alles außer einer etwa vierzehn Zentimeter langen Messingschraube, mit der das Hochbett an der Wand befestigt gewesen war und mit der ich nun das Stirnband derart durchbohrte und mit Isolierband umwickelte, dass dort, wo vorher harmlos »Nike« gestanden hatte, nun ein Horn stand. Ich zog es mir auf und den Parka an und hinaus ging's.

O und draußen, da … blühten die Linden! Nirgends lag mehr Schnee auf den Dächern der Autos, die leer, unanhebbar schwer, lautlos im Licht der Laternen, längs des Bürgersteigs, der mich hinantrug, matt schimmerten – es war Sommer geworden. Auf Armaturen lagen zärtlich per Einriss beschädigte Karten zu Reggaekonzerten, auf Beifahrersitzen Bikinis, Bermudashorts, Schnorchel, Pappteller voller Marmorkuchenkrümel, zerknautschte Zigarettenschachteln, auf Rücksitzen luftleere Luftmatratzen und bierleere Flaschen, gläsern vertrunkene Limo und Apfelsaftschorlen, sommerwiesig, zumzerfieselnstundenzeithabig etikettiert.

Gerührt und traurig, dass das Fest schon verrauscht schien, starrte ich in die sonst so rasenden Reliquienschreine, diese schneewittchenen, gläsernen Särge, in denen ein Mensch gewordener Sommer lag. Wäre ich ein Prinz gewesen, ich hätte ihn wachgeküsst. Ich hätte eine Scheibe eingeschlagen und eines der Autos geklaut. Wäre ich ein Dieb gewesen, wäre ich weggefahren, noch tiefer in den Süden hinein, in den Palmenwald menorcanischer Gefühle, der sich mir inwendig auftat. Ich lauschte der Gischt des Fernverkehrs, sah »den See« über den Dächern, diesen Kristall des Vorschwebens vom Schleifband himmelwärts gewundener Straßen geschliffener werden. Wie traurig, wie schön, wie erinnerlich und verrinnend doch dieser Abend war, und arglos, und wie er sich ganz leise schnaubend nüsternstupsig mitten in der Stadt gebärdete! (Der wippende Haselzweig, den ich meine.)

Die Tankstelle war ein schon von weitem zu spürendes Glimmen von kleinen Stängeln, ein Pulsen des Safts in den Schläuchen, ein Sich-Umdreh'n von Bäuchen, ein Kotzen von Schlangen in Tanks rein, ein in Gesichter geschriebenes Bangen, das Geld möge reichen, Verfluchung von Scheichen, Herumsteh'n an Teichen, in denen kein Fisch schwamm. Ein zarter Wind lag mir mit strotzendem Benzingeruch in der Nase. Ich musste niesen. Schon von weitem sah ich, in Blazern und schreienden Hemden, die hinter ihre beat-wummernden, türenschlagenden Schlitten geduckten, einander mit Zapfcolts bedroh'nden, Stutzen in seitliche, lackfarbumgrellte Löcher rammenden Kerle herumulkend um die Wette tanken. Vielleicht war es auch nur das Nacheinander rauchend volltankender Spaßpistoleros, aber die Sprache hier, der Erinnerung, ordnet mir alles zu gleißender Gleichzeitigkeit, Assonanz, und ich will sie gewähren lassen, will sie hier, im selben Satz noch, mich, den Spruch »Da geht das letzte Einhorn!« im Rücken, durch eine sanft sich aufschiebende Doppelglastür eintreten lassen lassen, ins Grelle.

Es ist wie immer. Ist wie mit Waren, die aber sehr wohl sind, hart und grell beworfen zu werden. Hart und grell und hagelnd. Eine Steinigung oder Kirschkernkissenschlacht der viel'n gegen einen, der klein ist, nein schlaksig. Der schlaksige Kerl, der hereinkommt, hält sich die Arme vors Gesicht, um sich vor den aus allen Richtungen auf ihn zufliegenden Chipstüten, Zigarettenschachteln, Redbulldosen, Busenbroschüren, Schokoriegeln, Weinflaschen, Sektflaschen, Bierflaschen, Kaugummipackungen, Magazinen, Gummibärchentüten, Blicken, Bierdosen, Boilern, Bachblütenbonbonbehältern zu schützen. Er heißt schlichtweg »Hannes«. Er geht nun auf die Verkäuferin zu. Alles, was er von ihr will, ist ein Lächeln und einen Kuss vielleicht. Und sie, die Schwarzhaarige, Geschminkte, von Beginn an Abwinkende, malt ihm mit einem Kugelschreiber (der kein Lippenstift ist) einen Strichcode auf die Stirn, setzt ihm ihre Infrarotpistole auf diese Brust vor seinem Hirn, das ein Herz ist, drückt ab. Es piepst lakonisch. Hannes erfährt, dass er gerade mal 95 Cent wert ist, und geht vor den Augen der Verkäuferin, die, ein Namensschild verrät es gerade noch, »Carmen« heißt, ein. Unter, der Boden verschluckt ihn.

Da stand ich also, in der Tankstelle, im Attackenbunt, und dachte dunkel an meine Wohnung. Wie verlassen sie jetzt schien. Wie fern und leer und möbliert nur mit Melchior und einem einzigen Stuhl. Und wie sehr auf diesem Stuhl mein Wohnungsschlüssel lag und wie die drei sich ganz tonlos zuraunten, wo ich denn bliebe. Gerührt von diesem Wissen begann ich, mich ein wenig umzutun in dem Shop, der der der Tankstelle war. Ich blätterte zwei, drei der Hefte. Recht reißfest war'n Tüten mit Chips drin. Ich roch am Rund einer Pringlesdose und Dosen von Fett und Hydraten und Inhaltsstoffe studierte ich aufheul'nd. Prüfte Scheibenwischer auf ihre Intaktheit. Probierte einen Hupfball aus – bis der zu den Milky Ways fiel, ins Regal unterm Tresen. Da wusste ich plötzlich wieder, weshalb ich ja hier war. Ich wollte Milch!

O sie hatten Milch! Zwar nicht meine Lieblingsmarke, aber immerhin siebzehn Liter. – Aus dem stark, zu stark!, kühlenden Tankstellenkühlschrank, doch ich sah mich schon, diese Not zu einer Tugend verarbeitend, in der Küche stehen und köchelnde Milch zu herrlichem Badeschaum boxen … Ich bat einen Mann mit Muskeln, der in einer mit Redbulldosen gefüllten, durchsichtigen Halbkugel wühlte, mir, wie ich mich ausdrückte, »mal eben sehr plötzlich einen Gefallen zu tun«. Er sah mir zuerst in die Augen. Dann auf mein Stirnhorn. Dann auf die Schuhe. Dann ins Gesicht. Dann auf dessen Ausdruck und sagte dann »Oh…« und dann »käj…«. Ich führte ihn hin (zum Kühlschrank) und erklärte ihm, was und wie. Ich hielt meine Arme so, dass er in die Kehlen meiner Ellenbogen – wie Holzscheite – die Milchpackungen legen konnte, nahm aber vorher noch meine EC-Karte zwischen die Zähne. Er lud und lud. Sein Goldkettchen rutschte ihm am Stiernacken auf und ab, und er kam richtig ins Schwitzen.

Ab und zu trat ich ihm leicht mit meinen federnden Schuhspitzen gegens Schienbein, um ihn anzutreiben, rammte ihm ein Knie in die Magengegend, um ihn zu animieren, schneller zu stapeln, verpasste ihm, was ich, befrachtet, wie ich schon war, nicht konnte und deshalb unterließ, »a G'nackwoatsch'n«, damit es voranging. Es dauerte etwa fünf Minuten, bis wir fertig waren. Als er sich, mit mir zugewandtem Gesicht, rückwärtsgehend, von mir entfernte, kam es mir so vor, als kennten wir uns schon seit Stunden. Ich entließ ihn mit einer Art würdevollem Nicken.

Caro, so hieß die Verkäuferin diesmal, hatte uns bei der Arbeit zugeschaut. Wir mussten das Bild zweier Holz zu holen sich bei einer Berghütteneinkehr erbietender Pfadfinder abgegeben haben. So etwas: männliche Sorge um ein Feuer,

Holz holen, Holz hacken, Holz gekonnt in den Flammen positionieren, zieht immer gut bei den wollüstig fröstelnden, die Knie bibbernd aneinander pressenden, antörnend unsexy in schlotternde Wollpullover gekleideten Frauen, die sehnsüchtig in die Glut starren und leise, zu scheu zum Singen, zu angetan, um still zu sein, vor sich hin summen. Ich meinte, als ich mich anstellte, auf Caros sich aufhellendem Gesicht den flackernden Widerschein von Flammen und von fernem Sternenlicht erkennen zu können.

Zwei Longpapers-Käufer kamen noch vor mir dran. Dann griff sich Caro eine der Packungen von meinem wackeligen Berg. Sie ließ es piepsen, zählte durch und gab dann den Algorithmus mal siebzehn ein. Als sie mir die Summe, horrend war sie, nannte, hob ich die Brauen, um mich zu beschweren (wobei mir beinah das Stirnband hochgerutscht wäre!), und reckte dann meinen Hals mit dem Kopf, in dessen Mund die Karte steckte, in ihre Richtung.

Caro nahm mir die Karte mit spitzen Fingern ab, was mir die Möglichkeit, »Danke« zu sagen verschaffte, und steckte sie in den Schlitz des Apparats. »Geheimzahl bitte und zweimal bestätigen«, sagte Caro. Ich zog die Milch fester an mich und beugte mich vor. Mein Horn sauste auf die kleinen, leise aufpiepsenden Tasten nieder. Ein Bon wurde gedruckt. Ihn und die Karte im Mund, verließ ich die Tankstelle.

Mit meiner weißen Fracht galoppierte ich durch die Nacht.

NEULICH IM SPOOKY SPEAKER

Verschiedentlich um gehn die Geister, die Menschen mit ihnen (als wärn sie sie ...). Manche erkennen einander nicht an den Merkmalen, die klar zu Tage liegen, und bleiben blind, auch dann noch, wenn sie sich längst entschweben spüren, in scheele Sphären. Bis schließlich alles – auch noch der Spuk! – zum Spuk wird. Ich muss es wissen und kann Euch davon ein Liedchen singen, verehrte Leser der Zeitschrift SPOOKY SPEAKER. Verfolgt das Fürchterliche, das mir jüngst widerfuhr!

Es war zur Stoßzeit, so um halb acht Uhr früh. Die S-Bahn war voller Menschen in kurzen Röcken, knallengen Hosen und knappen Shirts, mit gepiercten Stellen an den ins Surren der Stromesschnellen getauchten, aphrodisierten Leibern, die in die Arbeit fuhren. Ein blaues Blühen, an dem wir brachial vorüberpreschten, lag in der Luft. Ein Glühen. Ich sah sie beben – besagte Leiber – und wusste schon, wo es herkam, dieses Vibrieren, das denen, die fleisch-und-blutlich waren unter den Mitfahrgästen, ihre Gewebe wummern machte. Vom frühen Frieren, weil man zu leicht betucht war, kam es jedenfalls nicht die Tage ... Ihr Delirieren war, was sie zittern machte, und »Wie die stieren!« war, was der Beau sich dachte, für den man recht schnell gehalten wurde in diesen Frühwindwochen. Der Zahl der Blicke nach zu schließen, die mein Gesicht befühlten, musste ich wahrlich passabel ausgesehen haben damals. Aber ich kümmerte mich gar nicht um ihre Schmachttiraden! War ich doch viel zu vertieft.

Ich las im SPOOKY SPEAKER (Heft Nummer hundertsieben). Er war mir erst nachts zuvor geliefert worden. Ich hatte ein Rascheln gehört, ein Flattern, das Kollisionsgeräusch von Papier mit Fliesen, doch, als ich die Wohnungstüre aufstieß, dann nichts gesehen außer der Zeitschrift mit ihrem Hochglanzeinband und der verblassten Schrift. So erging es mir jedes Mal! Unmöglich, ihn zu stellen, den mysteriösen Boten, der sie mir – der ich doch nie ein Abo abgeschlossen hatte – brachte, sich einen Sport draus machte. O er war schnell!

Der Artikel, der mehr mich verschlang, als dass ich ihn verschlungen hätte, verhandelte die Verdammnis tief im Detail. Ich las, was man tun kann, um zu erlösen, was, um zu bannen, und was man meiden sollte, um nicht letztendlich selber »umzugehen, ewig, im Gram«. Ein guter Beitrag, den ich wegen der allerdings kaum erfassten, auch schon verpufften Wörter des Stils des Autors nochmal von vorne lesen wollte, als sich abrupt mein Kopf bewegte. Wohl weil das Hirn darin meinen Muskeln (*longus capitis, rectus capitis, sternocleidomastoideus* und wie sie nicht alle heißen) einen Befehl zufunkte, da ihm die Sinne offenbar etwas durchgegeben hatten, das der Beachtung wert schien. Jedenfalls sah ich auf.

Mein Blick fiel auf eine drei Sitzgruppen entfernte Schöne, die mich, schon seit wer weiß wie langem, ansah – und mir sofort gefiel! Etwas an ihr war anders als an den andren

Frauen, die sich in Tanktops (auf die *Don't Touch!* gedruckt war) lasziv um Stangen wanden und sich den Hals verrenkten nach amouröser Anerkennung egal von wem. Das keusch geblümte, fast transparente Kleidchen, dessen Dekolleté ein schlicht gerüschtes Bustier oder Mieder freigab, stand ihr ausnehmend gut. Die vollen Lippen, auf denen kein Hauch von Lippgloss gleißte, waren wie im Erschrecken aufgeworfen, und ihr Gesicht verzog sich zu einer Art Schmerz-der-Verzückungs-Miene, die mir ad hoc das Herz zuschnürte. Das redlich Unverwandte ihres Mich-Ansehns zwang mich, es zu erwidern. Erstarrt im Hinstarrn saß ich da, krallte mich fest am SPOOKY SPEAKER, in den ich vergeblich versuchte, wieder den Blick zu senken. Ich war ihr bereits verfallen. Und dabei weiß ich noch, dass ich mich an jenem Morgen seltsam erfrischt und luzide fühlte, nachdem ich Stunden am Stück geschlafen hatte. (Verstummt die Stimmen erträumter Ungeheuer … Verblasst das Schimmern gramgrauer Nachtgesichte …) Es ist mir wichtig, bei allem, was folgt, dies einzuflechten: Ich war bei Sinnen.

Als die Station all derer nahte, die sich ihr Brot verdienen im Industriegebiet, stürzten die Mitfahrgäste sich ins gewohnte Handgemenge um die paar Knöpfe, auf denen HALT stand, und stiegen aus. Die S-Bahn setzte sich ruckelnd erneut in Bewegung, nunmehr fast leer. Die Schöne und ich waren allein im Abteil zurückgeblieben. Nichts als das Sirren schwelnder Elektrik im Schliff der Schienen und dumpfes Räderrumpeln sowie das Summen der Lieder, die meine Minne morphte, war mehr zu hören, und gelegentlich ihre Hüstelstimme. Ich sah sie glühend vor Glück durchs Fenster stieren: Statt frommen Frondiensts am Bruttoinlandsmammon würden wir heute zu zweit aufs Land rausfahren ... Das schien ihr so klar wie mir!

In der nur ab und zu von der S-Bahnfahrerstimme unterbrochenen, surrenden Stille preschten wir aus der Stadt. Draußen hing Nebel. Kauernde Häuser, Weiblein mit Kräuterkörben, die über Wiesen staksten, stakende Vogelscheuchen, verblurrte Kühe geisterten fad vorüber im Dunst der Diesigkeiten. Ich merkte, wie mir zusehends flauer wurde, und auch die Fremde schien mir mit einem Mal bang umfangen. »Was, wenn er statt Fisimatenten anzuleiern doch nur zur Tante möchte, in eins der Bauernhäuser?«, spürte ich's stumm herübermunkeln aus ihrer Miene, mit der sie Stirn an Stirn an der Scheibe klebte. In neuer Scheue, die – wiewohl frivoler, inkognitätsintimer, als ein Gespräch gewesen wäre – jeden von uns auf sich selbst zurückwarf, sahen wir raus ins Grau. Wie lau war, zum Lohn fürs Weiterfahren, uns aber dann die Luft denn bitte, als wir, uns jäh erhebend, zu zweit ins Freie traten, in die von Hummeln brummelnde, uns den Azur vom Himmel schummelnde Pracht dieses Tags.

»Oh! Splendidissimo!«, jubilierte ich in die Morgenhelle über dem Quai der Haltestelle, und ihre Augen antworteten im Duett ihres Flirrens: »Du kannst hispanisch?! Che admirabellissimo! Was für ein Mann!« Nach einer Andockphase, die von Verbalem bebte, das uns die Stimmen umschlug, spazierten wir nebeneinander her. Jeder ging seinen eigenen, zufällig sich mit dem des andern deckenden Weg ohne Ziel. (Nun ja ... Das Ziel war, dass unsre Zungen föchten und wir die Haare ineinander flöchten im Tête-à-tête-Getümmel verkeilter Glieder. Was auch alsbald geschah …) Ein Hüne, der uns ins Gras zwang, mit seinen Wolkenmuskeln und seinem blauen Schauen, machte uns die Textilien fleckig. Bukolisch balgten wir, prallten wieder und wieder mit unseren Leibesstellen gegeneinander und, über Hügel talwärts rollend, lallten wir Lieder von Huld und Muld. Bis wir, es wurde Abend, erschöpft im Bachbett lagen, wie zwei Pantoffeltierchen fluxfusioniert im Überfließen, innig vereint.

Wir lauschten aufs Kieselschuckern am Grund des Gluckerns, sahen Forellen, die ihre Schnauzen, so sagt man glaub ich, zwischen den Strängen der Strömung hindurch in die Lüfte steckten, um nachzusehen, ob nicht irgendwo vielleicht eine Mücke schwirre, nach der man gemütlich schnappen könne. Und so viel andres Schönes. Zum Beispiel Hasen, die über die Wiese hoppelten. Und einen Reiher. Die Bäume entlang des Baches, der sicherlich einem – an seinem fernen Ende ins weite Meer einmündenden – Fluss zuströmte, wiegten sich wie Korallen. Ich hätte mich durchaus noch eine Weile treiben lassen können und dachte, das sei auch ihre Vorstellung vom Fortverlauf unseres Schäferstündchens. Doch weit gefehlt.

Beim ersten Schrei eines Käuzchens begann sie mich seltsam eindringlich anzusehen. Ihr Gesicht illuminiert vom Liebesfeuer, wie ich noch dachte … Und dann geschah's. Sie fragte mich, erst ein erstes und dann, in mein erstauntes Schweigen hinein, noch ein zweites Mal, diesmal schon ziemlich drängend, geradezu quengelnd: »Gehn wir zu dir?«. Ich wusste, dass das nicht drin war, und zwar aus Gründen, die ich ihr leicht erklären hätte können, was aber auch nicht so wirklich drin war, weshalb ich »Gut, gut, wir gehen« seufzte. Wir standen auf. Die Wege, die ich durch Wälder wählte, vorbei an Weilern, in denen Weh sang, sollten uns mehr in die Irre führen als bald zum Bahnhof, wie ich hier gern gestehe. Irgendwann hätte dann eine Scheune kommen sollen, in der sie, am nächsten Morgen, mit einem Heuballen in ihren Armen, den ich dort sachte platziert hätte, glücklich erwachen würde, wär es nach mir gegangen. Es ging aber nicht nach mir.

Nach einer Weile des Durch-die-Gegend-Tingelns auf falschen Pfaden schwang sie sich auf meinen Rücken und sagte wieder – zum dritten Mal jetzt: »Gehn wir zu dir!« Sie hauchte es mir ins Ohr, an dem sie zugleich zu knabbern anfing, mir ihre Schenkel derart fest um die Hüfte schlingend, dass es mir fast die Luft abdrückte. Sie kletterte höher, stemmte sich an meinen Schultern hinauf in den Himmel, warf dabei ihren Kopf in den Nacken und seufzte auf. Was sie zu fassen bekam an Blüten der Schmetterlingsbüsche, Geißblattranken, Kastanienblättern, Glyziniendolden … flocht sie mir in die Haare. Sie sagte wieder und wieder: »Omanno! Hab dich schon jetzt so gerne! Wie wird's nur dann?!« Ich hätte gerne mit ihr geredet drüber … Aber das stand gerade, wie es nicht nur den Anschein, sondern den festen Eindruck knochiger Fersen auf meine Flanken machte, partout nicht an. Schwitzend und wortlos trabte ich weiter, bis wir vor meiner Haustür angelangten, die sie uns, mit dem Schlüssel, den sie aus meiner Hosentasche gleichsam hervor-vorspielte, zielstrebig aufschloss. »Wir« stiegen

Stiegen. In meiner Wohnung befahl sie mir, ihr mein Bett zu zeigen, was ich wohl oder übel tat.

Wir pflügten Äcker. Brachten die Saat aus. Bauten Volieren. Ließen die Sauen raus, die sich sogleich ins Bettzeug wühlten. Wir grunzten, schrien. Ich pflanzte Eichen, schwenkte mit Dengeln, zuzelte Zitzen. Sie spross mit Knospen und manövrierte Pferdestärken an Pferch und Stelle. Nach alter Arbeitsteilung bestellten wir Felder, die in Arkadien lagen, ganz ohne Mühen. Ich sah den Himmelsozean sich in sich selbst verlieren, durchschwirrt von Schwalben, die keine Fische waren. Spürte den Duft des Flieders wieder mir in die Nase steigen. Es muhten Kühe. Auf einmal stand auch ein Pfarrer (wohl der des Dorfes, in dem wir umgegangen waren) bei uns im Zimmer. In fleckenstarrender, grauer Soutane, mit dicker Brille, brüllte er, dass wir »Juwelen der Jeweiligkeit des Geschlechtes!« seien. Dann kam die Weihung. Wir waren ausgeliefert, fingierten Fummel, mit denen wir einander gerade noch so die Scham bedeckten. Schalmeien schallten von fern herüber. Bis ich entschlief.

Als ich erwachte, lag sie im Bett neben mir und schnarrte. Es war ein Surren, begleitet von leisem, regelmäßigem Rattern. Ein manchmal anschwellender, manchmal leiser werdender, alles in allem konstanter Ton. Er klang wie das Geräusch eines Förderbands, das die Myriaden vernaschter Männer auf eine Halde zuschob. Mit goldnen Ringen an ihren Fingern und schlaffen Dingern in jeder Form und Größe zwischen den müden Oberschenkeln, auf die sie entgeistert starrten, saßen sie kraftlos da. Aus Ehehimmeln sah man Konfettis von Fotohälften auf sie herunterschneien.

Die, die so schnarrte, während die wohlgeformten, wohlfeilen Brüste sich ruhig hoben und senkten überm beseelten Mundgelächel, schien es noch nicht mal mitzukriegen. Mir war zum Schreien. Draußen hatte, wie ich nun tröpfeln hörte, es leicht zu regnen angefangen, was mich auf die Idee, mich eiskalt abzuduschen, brachte, um mal zu sehen, ob sich nicht alles, was sich seit heute Morgen zugetragen hatte, am Ende doch lediglich als ein Traum erweisen würde. (Was ich trotz der eben beschriebenen jüngsten Wendung so sehr befürchtete, wie ich es hätte hoffen sollen …) Vorsichtig, um sie nur ja nicht aufzuwecken, rollte ich mich aus dem Bett.

Langsam und tastend ging ich den kurzen Flur lang, zu einer Türe, durch die ich in einen kacheligen, seifenmuffigen Raum trat. Es war das Bad. Ich drehte am rechten Drehknauf, was einen Strahl hervorrief, der aus dem Duschkopfdunkel über mein Haupt in die Wanne stürzte. Ich duschte wild. Ich glaube – aber warum erzähle ich solche Nebensächlichkeiten?! –, dass das Wasser im ganzen Bad rumspritzte. Daraus, dass ich, auch als ich vor Kälte schon zitterte, nicht aus dem Schlaf aufschreckte, durfte ich schließen: Alles was ich seit heute Früh erfahren hatte – vom ersten Blickgebrizzel bis hin zum Schnarchgeschnarre – war wirklich wahr!

Mit solcher Einsicht ausgestattet, wollte ich nichts wie zurück in das Zimmer, in dem mein intim vertrauter, schlummernder, schöner Gast lag, auf den ich plötzlich erneut Appetit verspürte, erachtete es aber als vorher nötig, meinen nasskalten Körper ein wenig warm zu rubbeln, um sie nicht gleichsam abzuschrecken. Am Haken fehlte, wie ich bemerken musste, jedoch das Handtuch, das dort zu schweben pflegte. Stattdessen hing dort – sie hatte Duschen wollen, zwischen zwei unsrer Lustanstürme – ihr Kleid. Von seiner Weiblichkeitsleiblichkeits-Verhüllungs-Funktion enthoben, wirkte es merkwürdig schlaff. Gar nicht mehr, wie am Anfang, keuschzart im Frühwind flatternd, sattprall gefüllt. Was mir den Rest gab, war aber etwas anderes, das mir einen so großen Schreck einjagte, dass ich das Blut schier durch meine Adern klirren hören konnte: Das Kleid war feucht. Sicher vom Nieselregen draußen … Sie war, während ich schlief, beim Spuk gewesen, und hatte sich dann, als wär nichts, zurück ins Bett genestelt … Ganz schön gewieft!

Nach einer guten Stunde fand ich endlich den Mut, zu ihr zurückzukehren. Im Licht der Nachttischlampe lag sie im Bett und blätterte sich durch den SPOOKY SPEAKER, wieder und wieder »O Mann, wie abgefahren!« murmelnd. Sie mimte gut. Als sie mich in der Tür entdeckte, legte sie schnell die Geisterzeitschrift neben sich auf den Nachttisch und begann, mich zu sich ins Bett zu locken, indem sie sich auf die Seite drehte (wobei die Hüfte einen räkelnden Schlenker machte), ihren Kopf auf den Arm aufstützte und mir dann tief in die Augen blickte, triefend, verliebt. Das Vertrackte war, dass all das so raffiniert natürlich wirkte, kaum kalkuliert wie Flirtschachzüge. Ich hätte Dinge sagen sollen wie: »Nein … Bitte lass das … Verlass mich! Geh durch die Gegend heulen!« Aber, o ich Verfluchter, ich ließ mich, von ihrem Bannstrahl eingefangen, wieder auf alles ein. Ganz ohne Prachteinbußen, vergleicht man's mit den vorangegangenen »Runden« lasziver Anverwandlung, fielen wir übereinander her. Wir weinten Lustsekrete bis in die Morgenstunden. Dann kam das Grauen.

Etwas halb fünf war's, die hundert Vögel sangen, als ich im Schloss den Schlüssel hörte. Geistesgegenwärtig lief ich ins Bad, holte das Kleid vom Haken, huschte zurück ins Zimmer und gab es Ruth (wie ich die nenne, die mir die Nacht meines Lebens schenkte und von der ich bis heute noch keinen Namen kenne. Aber »Ruth« passt ganz gut …). Ich schob sie zärtlich zum Fenster und hielt's ihr auf. Sie sagte »Spinnst du sag mal?!« Sie tat mir leid. So sehr verblendet war ich, dass sie mir auch noch leid tat. O ich Idiot! Zum Glück war ich als Leser des SPOOKY SPEAKER (den Manche mit der »Men's Health« verwechseln) gut instruiert. »Jetzt mach mal, spring schon!«, sagte ich ruhig, wiewohl bestimmt dank SPOOKY SPEAKER. Sie sah mich an. Schmerzlich-entgeistert. Geradezu menschenähnlich … Doch ich blieb hart.

Am Ende offenbarte sie mir dann ihr Geisterwesen. Als ich sie dichter ans Fenster drängte – im Wohnungsflur hörte ich Kirstins vom Nachtdienstschieben erschöpften Schritte näher und näher kommen – zischte sie böse drohend: »Dass wir uns wiedersehen, da kannst du Gift drauf nehmen!« Und schwang sich fort.

EINE VIGILIE

Ich erwartete Amalie mit den Banani-Boxers unter den besten Hosen, die ihr mein Schrank zu bieten hatte, und einem Hemd, das weiß war (und noch von Frank herstammte). Ich roch nach Deo. Es brannten Kerzen auf hohen Messingleuchtern. Im Dekanter glänzte der Rotwein, schwarz im Shirazgeschimmer dunkleren Funkelns, als es der Tag bereithält. Polierte Gabeln flankierten Teller, die ich mehrfach gewaschen und abgetrocknet hatte, damit sie blitzten. Sie konnte kommen! Aber, verdammt, sie kam nicht. Was jedoch nicht verwundern durfte. War es doch erst halb sieben. Sollte sie Stunden vorher aufgebrochen und bereits da sein, sie würde dennoch nie schon geklingelt haben. Mir ihre weibliche Integrität und Würde nicht gleich zum Fraß vorwerfen. Ach ja, die Frauen …

Ich ging durchs Zimmer. Justierte Gabeln. Verrückte Teller. Verstellte Gläser. Strich übers Tischtuch. Zupfte Servietten bündig. Ich nahm das Steckenpferdchen, das in der Ecke lehnte, und ritt zum Fenster. Ich sah nach draußen. Das milchig trübe, absinthtürkise, schäumende Wasser des von den Regengüssen der letzten Tage reißenden Flusses lag schon im Nachtschwarz. Von den Laternen, die seine Ufer säumten, fiel wenig Licht ab. Soviel bloß, wie sie für nötig hielten, um jede sich selbst nur in ein vergilbtes Kleid zu hüllen, das schlicht gerüscht war. Die meisten verfluchten sie deshalb als »Funzeln«. Ich für meinen Teil war der

Meinung, dass sie sich einfach wie Damen benahmen. Verglichen mit ihren deutschen Schwestern, die sich im Lichterbrechen weit vornüberbeugen, fand ich sie sehr vornehm! Da und dort sah ich ihre lasziv lancierten Mouchoirs spärlichen Leuchtens übers Geschwapp der Wassermassen flirren, die sich an Bouquinistenbuden vorbei gen Westen wälzten. In wirren Strudeln, fluoreszent flussabwärts, lass ondulierend, und dennoch allgewaltig, alles und jeden mit sich reißend … Eine Erscheinung, die die Pariser unaufgeregt als »die Seine« bezeichnen, die ich aber damals insgeheim – und in Anlehnung an den Namen, den ihr die Römer gaben (»dea Sequena«) – als eine Art grausame Göttin ansah. Gerne gesteh ich's: Sie war mir zutiefst suspekt.

Aus ihr stieg Dampf auf, der in Verschwinden hüllte und nicht nur die dem Abgang weihte, die längst (auch ohne, dass sie schon, Wasser atmend, auf den Kanal zutrieben, den die Atlanten knapp als »La Manche« verbuchen, d.h. als »Ärmel«, der die ins Meer ausschüttelt, die darin baden) nicht mehr hienieden weilten. Jawohl! Hienieden! Sogar den Frohen – die durchs Novembernieseln an ihr entlang spazierten – beulten die Wackersteine um feuchte Schneuzgewebe geballter Fäuste die klammen Manteltaschen. Wenn nicht gerade eine potentiell »Meine« Kleine mit mir ihre Ufer säumen wollte (was durchaus vorkam), vermied ich's, mich ihr zu nähern.

Ach ja, Paris! Seit bald zwei Jahren war es, dass ich hier meinen Etüden nachhing, d.h. studierte, an der Sorbonne. So sehr diese Stadt mir mit ihrer Weiblichkeitsausstattung durchaus zupasskam, kam es immer wieder auch vor, dass sie mich förmlich frösteln machte. Man war hier so schnell verloren ... Ich sah sie vor mir, all die der Liebe Müden, die keinen Halt mehr fanden an den Geländern jedweder Bauart, all die bezirzt Gestürzten und die Verwirrten, die durch die Gegend irrten, unter dem Unstern urbaner Ungemache, mondän verschollen. Mit einer brüsken Regung wandte ich mich, geschüttelt, ab von dem Duster draußen, um mich wieder in meiner Wohnung umzuschauen, die mir in solchen Augenblicken immer wie eine kleine Höhle in einer unendlich weiten, feindlichen Wildnis vorkam. Auf Anhieb wurde mir wieder warm.

Von meinem Bett her, das frisch gemacht war, glänzte im Kerzenschimmer der matte Rotton meiner Satinbettwäsche, und aus der Küche drang mir der Duft der Köstlichkeiten, die ich für Amalie und mich geköchelt hatte, sacht in die Nase. Sanguinisch summend und täppisch tänzelnd, war ich den ganzen Nachmittag über »Chef de Cuisine« gewesen und hatte mich wieder einmal nicht lumpen lassen: Datteln im Specksuit. Ein Mus vom Kürbis mit sauren Sahnetupfern und zartem Zimtstich. Das Risibisi mit Huhn und Hummer. Die Panna cotta mit in Likör getunkten Kirschen und Himbeern. Die Crème brulée. – Ich war gefasst drauf, dass es nicht unbedingt einfach werden würde, Amalie rumzukriegen. Ich stellte sie mir, wie soll ich sagen, »distinguiert« vor, wie eine Diva, die ihren Anspruch hatte. Mit einer Zigarettenspitze zwischen den filigranen Fingern und mit konisch geformten Brüsten im saturierten Mieder unter dem samten-engen, schwarzen Etuikleid würde sie mir möglicherweise raffiniert reserviert gegenübersitzen und mir in einer wohlkalkulierten Mischung aus Amusement und Ennui ihren Rauch entgegenpusten. Sicherlich war sie eine der Frauen, die man erobern musste. Jedenfalls war es nicht ausgeschlossen, dass es sich kompliziert gestalten könnte, sie ins Satin zu locken. Obwohl die Sache ganz leicht begonnen hatte. Beinahe kindlich. Oder – wie Frank wohl sagen würde – fast infantil.

Auf Briefchen, in Form von Fliegern, die wir uns heute Morgen im Seminarraum zugeworfen hatten (während uns Mallarmé, mit Fächern wie weißen Flügeln erschöpfter Möwen im Blau der Augenpaare, die in die Bücher glotzten, kühlschwüle Luft zuwinkte), waren wir übereingekommen. Unser Professor zitierte Verse ins rüde Räkeln träger Studentenleiber und sah dabei sanft umher. Es waren Würfelwürfe hoffender Blicke, die er ins Auditorium schickte, stets auf Komplizensuche in Sachen azurner Andacht, und keiner, den es nicht irgendwann einmal traf … In meinen Haaren war es gewesen, dass mir der Zettel steckte, auf dem gestanden hatte: »Ich bin Amalie. Heute bei Dir. Um sieben. Passt Dir die Uhrzeit? Und bist Du prêt?« Ob ich bereit war?! Wozu!? »Natürlich!», hatte ich ihr erwidert und ihr auch gleich die Adresse und den Code für die Haustür aufgeschrieben. Woraufhin sie mir noch einen »Na schön, bis nachher«-Zettel zugeworfen hatte. Es war besiegelt.

Genau um sieben vernahm ich durch meine Wohnungstüre, an der ich schon seit Minuten lauschte, wie unten im Flur die Haustür klackte, zurück ins Schloss fiel, und dann die Treppe knarrte. »Hört, hört! So pünktlich …«, dachte ich mit siegesgewissem, faustdicken Lächeln. O ich Filou! Die Stufen, die Amalie zu mir hinauf nahm, ächzten ein wenig lauter als sonst, was mir die Frage eingab, wie sie wohl aussehen mochte. Im Seminarraum war sie verdeckt gewesen von einer »Kleinen«, die ich noch vom Referatsbesprechen letztes Semester kannte und die ihr den Tipp gegeben haben dürfte. Bis ich sie nicht gesichtet hätte, war also »alles drin«. »Jede klingt anders«, hatte Frank mir mit auf den Weg gegeben und damit Recht behalten. Man konnte es wirklich hören. Das Treppenächzen schien mir gegenwärtig ganz so zu klingen, als würde mir diesmal ein venusvonwillendorfsch voluminöses Kaliber entgegensteigen … Ich war gespannt.

Was mich frappierte, war, dass das vertraute Klappern von hohen Stöckelschuhabsätzen ausblieb. War es für möglich haltbar, dass sie gar keine Pumps anhatte? Nein, war es nicht. Ganz und gar unvorstellbar! Wahrscheinlich trug sie sie in der Hand … Jetzt war sie in meinem Stockwerk angekommen, ihr Atem ging keuchend schnell. Nach ihrem Klingeln wartete ich ein paar Augenblicke, machte einige Schritte, dort, wo ich stand, um meinen Weg durch die Wohnung vorzutäuschen, öffnete ihr die Türe und konnte sie endlich sehen.

Dick war sie nicht … Ich muss gestehen, dass ich zunächst enttäuscht war, über ihre Erscheinungsweise zu unsrem »Blind Date«, wie man es, wie ich finde, nennen durfte, dass wir uns trafen, ohne vorher mehr als Billets zu tauschen. d. h., mit Blicken beispielsweise, geprüft zu haben, wer wir so waren. Weder mit meiner Samtkleid-Ahnung, noch mit der Ladylikeness frivoler Stengel schwelenden Tabaks, noch mit den miedermagisch betonten Brustvorsprüngen hatte ich richtig gelegen. Beinahe schon nonchalant wirkte sie in ihrer Nicht-Gestyltheit, die sich geradezu schäbig ausnahm. Außerdem war sie viel mädchenhafter, als ich's mir hätte träumen lassen, fern jedes Femmefatalgebahrens, so, nun … wie soll ich sagen … na ja … normal.

Sie trug ein Wollkleid und einen Army-Parka, der ihr fast an die Knie reichte, und statt der Stola (die ich schon durch meine Finger hatte rinnen sehen, beim Daran-Nesteln in der Enthüllungsphase) ein schlichtes Halstuch. Ihr Haar war feucht. Was sie so wummig klingen lassen hatte, war ein enormer Seesack, der sie wirken ließ, wie auf einer unaufhaltsamen, sehr weiten Reise, die sie am Morgen nach unserer Nacht zum Bahnhof führen würde, von dort zum Hafen, aufs nächstbeste Schiff, das sie hinaus ins Gewoge haifischdurchhuschter Feuchtigkeiten trüge, aufs weite Meer … So viel der Mondänie im Mädchenmodus nahm mich dann doch ziemlich für sie ein. Ich bemerkte es, als ich zu meiner Überraschung hörte, dass mir, weil mir der Atem stockte, kurz mal die Stimme wegblieb, bis es mir irgendwann doch gelang, sie leidlich lässig hereinzubitten. Sie hauchte »Hi«.

Als ich ihr einen Stuhl hinrückte – der Plan war, Samtkleid hin oder her, dass ihr ihr Blick ins Zimmerschummern voraus aufs Bett fiel –, entgegnete sie, dass sie gar keinen Hunger habe, auch keine Fleischgelüste. Sie lebe frugan, seit Jahren. Dann schaute sie von den in ihre glänzend gewellten Speckumhänge gehüllten Datteln auf, in die vom Licht der Lavalampe auf meinem Nachtisch durchglühte Liebeshöhle, sah mich unverwandt an und fragte mich lächelnd vielversprechend: »Ist das dein Zimmer?« Ich japste: »Ja.« Sie lachte und fragte, ob ich nicht auch ein anderes hätte. Meine Erstauntheit schien mir hell ins Gesicht geschrieben, denn sie begann mir nun freundlich, aber bestimmt zu erklären, dass ihr die Satinbettzimmer in den Studentenbuden mit den Regalen, Bettvorlegern, voluptuösen Lavalampen, Postern an Wänden, langsam zum Hals raushingen. Viel zu möbliert. Da ich völlig perplex war – ich hatte Frank schon von Frauen reden hören, die nur nach Regeln spielten, die allein sie festlegten, es war mir persönlich aber bis dahin nie widerfahren –, sagte ich, statt einen guten Spruch herauszuhauen, nur trottlig unterwürfig, dass es in meiner Gerümpelwüste durchaus eine Oase der kargen Ödnis gebe, und zeigte auf eine Türe, von der ich wusste, dass sie den Händen gleichkam, die sich vor Münder schieben, aus denen's hergähnt. Sie führte in Franks »Verließ«.

Einstmals mein Mitbewohner und alter Freigeist fraktaler Hirnzustände erahnter Glücke, hatte Frank eines Morgens damit begonnen, sein mit Plattenspielern, vinylbestückten hohen Regalen, bassigen Boxen, auf denen Bäumchen in schweren Trögen standen, einem Aquarium voller Antennenwelse, Guppys und Zwerggarnelen, bewusster Lavalampe (die jetzt meinen Nachttisch zierte) und was weiß ich noch allem möbliertes Zimmer radikal leerzuräumen und mich gebeten, dabei zu helfen. Sogar den Teppich hatte ich mit herausgerissen, und ich erinnere mich, wie wir an einem Juniabend mit Spachteln an die Tapete gingen. Wie wir am Flohmarkt standen, um zu verscherbeln, was, wie Frank glaubte, ihm seinen Frohmut raubte, und die Dinge, die niemand haben wollte, nachts in der Seine versenkten:

das alte Sofa, den Schrank, den Schreibtisch … sogar sein Bett. Bis nichts mehr da war, und sein ehemals so gefülltes Zimmer nur mehr ein toter Winkel, ein leeres Zwischenlager für letzte Hoffnungsreste, ein karges Loch.

Hikkikomorisch darin zurückgezogen, hatte er die Oblaten, die ich ihm durch den Schlitz zwischen Tür und Schwelle zuschob (und die vollen Monden gleichen mussten in seinem Dunkel, wie ich mir damals dachte), zunächst noch angenommen, doch dann zurückgewiesen. Wie um am Ende auch noch sich selber auszuräumen, qua Tod durch Hunger. An einem Morgen hatte ich dann aber die Türe offen, das Zimmer leer gefunden und einen Zettel, auf dem geschrieben stand, dass er nun endlich frei sei und sich phantastisch fühle. So hatte Frank Frohnweib, der vorher Frau um Frau flachlegte, sich in die Eunuchie geflüchtet. Der arme Kerl!

Manchmal frage ich mich, ob ich es irgendwie hätte verhindern können … Bei Brot und Rotwein hatte er mir am Vorabend seiner Verwandlung schließlich das Herz geöffnet und mir so vieles von sich erzählt! Vormals ein Milchknilch, der hier wie ich sein Fach studierte und »immer Briefe nach Haus an Mama schickte«, war er »erst in Paris zum Lebenskünstler der Amourie geworden, manisch im Womanizen«, und dieses Dandydasein wuchs ihm offenbar über den Kopf. Sieben Romanzen hatte er noch gemanagt im Parallelverlauf. Bis Chantale kam hinzu zu Mechthild, Liliane, Mareike, Nancy, Anaïs, Nina und June. Er sei ganz leergezuzelt, hatte er mir gestanden, völlig verbrannt auch, verkohlt vom Liebesfeuer dauernden Tobens in seinem Innern. Total geschafft. Tags darauf hatte er begonnen, sein von den Frauen so frequentiertes Zimmer (um das ich ihn stets beneidet hatte) leerzuräumen, um es schließlich mit schwarzen Gaffabahnen über den Fensterscheiben in eine Art Zisterzienserzelle oder vielmehr den Darkroom einsamer Selbstkasteiung umzumodeln, der es noch immer war.

Amalie war ganz begeistert, als ich sie in das Zimmer führte, in diese Löwenhöhle wilder Entschlüsse, die kein Zurück bezähmte. Wie unsre Schritte hallten, obwohl wir Strümpfe trugen! Es war gespenstisch, fand ich. Frank war präsent. Das Grau der Wände im Schein des Kerzenflackerns ließ mich erneut sein Leid empfinden. Ich hatte am Tag seines Auszugs aus der Kulisse seines Kastrierungskampfs einfach die Türe zugezogen und sie seither nicht mehr geöffnet. Ich überlegte, ob ich Amalie von ihm erzählen sollte, und ließ es sein.

Sie stellte zuerst die Kerze, die sie vom Esstisch mitgenommen hatte, auf dem Zimmerboden ab, dann den Seesack, um daraufhin zur Tür zu gehen und sie zu schließen. Sie fragte mich, ob uns auch niemand stören würde, und ich beeilte mich, ihr zu versichern, dass wir zu zweit sein würden, wenn nicht, was ich für unwahrscheinlich hielte, mein desertierter Mitbewohner plötzlich erschiene, mit seinem Schlüssel. Sie sagte »gut«. Ich sagte, dass ich gestehen müsse, dass ich es noch nie auf diese Weise, nun ja (jetzt wagte ich mich etwas vor), »getrieben« hätte, obschon ich von solchen Nummern bereits habe reden hören, und wollte noch sagen, dass ich zwar riesige Lust verspürte, es auch einmal auszuprobieren … Aber Amalie stoppte mit ihren rosenduftend reinlichen Fingerkuppen das Auf-und-zu-Geklappe meines allzu beflissen, wie ich jetzt merkte, plappernden Mundes (der wohl auch froh war, ein wenig deutsch zu sprechen, hier in der Fremde stets zum Bisou gespitzter Franzosenmünder) und zog sich aus.

Zuerst das Wollkleid, das ihre aprikosenen, weichen und runden, als sie nach unten fielen, nachdem der Stoff sie hochgeschoben hatte, zitternden Brüste freigab. Dann ihre Nylonstrümpfe, die ich ganz deutlich knistern hören konnte. Dann ihren Slip, der sich sogleich zusammenrollte zu einem baumwollfarbenen, lustigen Ding. So stand sie vor mir, erst jetzt sie selber, d.h. nun unumwunden von den Textilien, die sie bis dato vor mir verborgen hatten. Und sie war schön! Die Pracht der Muschi (wie ich sie hier beim Namen nenne, statt ihr »Geschlecht« zu sagen, oder martialisch von ihrem »Schlitz« zu sprechen, oder gar ihrer »Wunde«), die einem Keuschmund schweigsamer Lippen gleichkam, die aufeinanderlagen ohne ein Wort zu sagen, außer: »Hier sind wir, du darfst uns ansehen, sind wir nicht herrlich ebenmäßig, schmollmündig sabberseufzig, fantastisch feigenförmig«, ging mir zutiefst ans Herz. Die hohe Schulternschönheit, wie die der Schenkel, schillernd im Flammenflackern, und auch die Holdheit des Haars, des Halses und ihrer Hüftenknochen gab mir zu seufzen. Wie glatt die Stirn war, bar jeder Runzelrune bleicher Bedenken, die zu entschlüsseln wären! Die Augen Teiche des Nackt-drin-Baden-Wollens. Die Hände zierlich, die sich an meiner Gürtelschnalle gekonnt zu schaffen machten. Denn jetzt kam ich.

Sie zog mir mit meiner Hose zugleich die Unterhose runter und dann das Hemd aus. Sie tat es ruhig, fast ohne anzugucken, was draus hervortrat, beiläufig profimäßig, geradezu sachlich cool. Ich schlotterte, von einer Lust durchschaudert, die ich so bisher nicht erfahren hatte. Das war so neu! »Frierst du?«, fragte Amalie und setzte, bevor ich etwas erwidern konnte, hinzu, dass sich das sehr schnell ändern ließe, woraufhin sie sich, ohne mich aus dem Blick zu lassen, zu ihrem Seesack bückte, um ihn – in einer Weise, die an das Surren der Reißverschlüsse lasziven Mantelöffnens an Wohnungstüren klingelnder Frauen denken machte – aufreizend langsam aufzuzippen. Mir wurde flau. Was, bitte, hätte ich auch erwarten sollen, als dass Amalie jetzt all die den Seesack, bis dass die Nähte platzten, füllenden schwarzen, roten, pinken, fliedernen Spitzchenhöschen, Mieder, Strapsgürtel, Netzstrumpfhosen, Bodies ouverts und Tangas der Reihe nach vor mir anprobieren würde, anzüglich lächelnd, um mir so »einzuheizen«? Oder dass sie eine Decke mit Leopardenmuster vor mir entrollen würde, um sich daraufzulegen und mich mit Augen, die schon geschlossen wären, gespreizten Beinen und offenen Mundes zu sich herabzuziehen? Was bitte sonst!

Es kam dann doch ein klein wenig anders, als ich's mir hatte träumen lassen. Statt schamlos shoppend vom Boulevard de Clichy her (wo sich Geschäfte mit Namen wie »Palais du porno« an Institutionen wie das »Musée de l'érotisme« reihten, und die berühmte Mühle, die »Moulin Rouge« heißt, für schwüle Frischluft sorgte), schien sie weit eher aus der immerkühlen Sakristei Sacre Cœurs gekommen, oder so ähnlich. Jedenfalls warf sie nicht die erhofft frivolen Fummel, sondern ein gutes Dutzend prämonstratenserkuttenhafter hellgrauer Überwürfe in allen Größen und Saum- und Kragenweiten zwischen uns auf den Boden und wühlte darin herum.

Es war ein Haufen, der recht beachtlich wirkte. Ich fragte mich, bei welcher Art von Eroberungszügen sie all diese Kutten ergattert haben mochte. Denn sie wirkten nicht neu und ungetragen wie aus Versandbroschüren. Sie rochen muffig, myrrhisch, gebetsschweißsüßlich. Waren's Trophäen, die sie als Konverteurin fratrierter Kostverächter mit sich herumtrug? Ich stöhnte auf. Amalie hielt mir erst eine, dann eine nächste, dann eine nochmalnächste Kutte an meine Schultern, um so herauszufinden, ob sie mir passen würde. Was bei den ersten sieben, die sie, entnervtverärgert, wieder zurück in den Seesack stopfte, nicht recht der Fall sein wollte. Die achte war's. »Die da! Die ist es!«, rief sie. »Na los! Zieh an, Mann!«, schrie sie. Und ich, ich tat's. Als ich aus meinem Kuttendunkel wieder ans Licht kam, sah ich Amalie ihrerseits in ein Habit verschwinden, das ihr zu groß war, was ganz entzückend wirkte. Sie sah echt gut aus, mit diesem flauschig rauen, soliden Sack an, der auf eine kaschierend leise, gewiefte Weise ihre Figur betonte. Sie sagte, ganz frisch entschlüpften, sehr hübschen Kopfes: »Hi.« Dann musterte sie mich, sagte: »Uhlala! Steht dir!«, lächelte wirklich bezaubernd und fragte mich, plötzlich ernster, ob ich bereit sei, anzufangen. Ich wusste nicht, ob ich dafür bereit war, was sie jetzt mit mir machen wollte, ich wusste ja nicht, was sie machen wollte. Aber ich sagte: »Ja.«

Wir setzten uns einander gegenüber hin. Amalie stellte die Kerze zwischen unsere ungefähr einen Meter voneinander entfernten Körper. »Kennst du Vigilien?«, fragte sie, und rief dann aufmunternd innig, wie um mir Mut zu neuem einzuflößen: »Lass uns die Nacht durchwachen, bis wir uns nah und näher kommen! Das fänd ich schön!« Wieder legte sie mir, als ich etwas erwidern wollte, ihre Finger auf meine Lippen, was sie zum Stillstand brachte, und sah mich auf eine seltsame, eindringliche Weise an. Sie war zu diesem Zeitpunkt bereits in eine Art von Trance gefallen. Ihre Augen wirkten sehr groß, wie aufgerissen, doch nicht verkrampft. Mir war so, als ob sie sprühen würden, freundlich, vor Freude, ich sah ein Funkenstieben, etwas sternrieselnd Götterfunkenhaftes und einen dunklen Glanz. Bald schien mir auch, als würden sie so etwas wie ein luzides Gas verströmen, gleißend im Glorienschimmer, der sie, ich sah's!, umgab. Die Mundwinkel hoben sich zu einem zarten, unforcierten, entspannten Grinsen, das offenbar jedes Grunds entbehrte. Sie wirkte froh, von Glück geflutet. Und sie war wunderschön! Von solcher Anmut war sie, ich wusste gar nicht, wie ich mich zu ihr verhalten sollte. In sie hineinzubeißen wie ein Fruganer in eine ihm frisch in den Schoß gefallene Frucht, war sicherlich nicht erlaubt.

Also rutschte ich hin und her auf dem Boden, kreuzte wieder und wieder, in immer neuen, immer unbequemeren Winkeln die schmerzenden Beine, rückte den Rücken gerade, kreiste die Schultern und ließ sie fallen, suchte, kurzum, nach einer Haltung, in der es sich irgendwie sitzen ließe, die ich aber partout nicht fand. Ich wunderte mich, wie ruhig Amalie dasaß. Tat ihr denn gar nichts weh? Wie konnte sie auf diesem harten Boden so lange reglos bleiben? Sie schien es, ohne irgend etwas zu vermissen, bequem zu haben, als würde sie in einem flauschigen Sessel sitzen. Es dauerte eine gewisse Weile, bis ich verstand warum ... Es war ein entspanntes Auf-den-Grund-allen-Seins-Heruntersacken, zugleich ein Schweben, wie das der Kerzenflamme, die zwischen uns über dem Boden tanzte. Ich wurde leicht! Alles, was ich an Amalie vorhin beschrieben habe, bemerkte ich nun auch an mir. Dieselbe Freude, dasselbe Augenbrizzeln, dasselbe Lächeln, das immer breiter, ein breites Grinsen wurde, dasselbe Glück. Und alles nur, weil ich mich, Amalies Rat befolgend, den sie mir zugeflüstert hatte, »einfach mal fallen« gelassen hatte. Wir spürten, da war ich sicher, dasselbe Etwas, das zugleich heiß und kühl war, kühn und sanft, zart und rasend, in fernster Ferne und dennoch nah, das uns ebenso zu sich hinaufsog, wie es uns zugleich zu sich auf den Boden drückte. Es war nichts, wofür ich Namen hatte. Ich nannte es daher ein wenig unbeholfen und nur für mich selber, ohne es auszusprechen, »unsre Präsenz«.

Der Zustand war nicht zu jedem Augenblick gleichbleibend klar und deutlich. Mal flaute er ab, um dann in umso größerer Intensität wieder anzuschwellen. Ich muss gestehen, dass ich zum Teil Absencen hatte. In einer Visio sah ich beispielsweise zwölf Männer um meinen Esstisch sitzen. Darunter Frauen, die ihre Arbeit machten. Ganz wie bestellt. Die Männer rauchten. Offen die Hemden, so dass das Brusthaar vorquoll. Sie tranken, fraßen, fuhren mit Fingern, die sie zu Mündern führten, ins Risibisi, erzählten Zoten, lachten wüst katarrhalisch, mit ihren golden funkelnd klickernden Armbanduhren um ihre Handgelenke. Sie hießen Julio, Buenaventura, Hannes, Jean-Luc, Schwenz, Udo, Achmad, Ming, Marek, Gaspard und Frank. Sie waren männerbündisch liiert. Für immer. Aus einer Handvoll vom Wurf des Zufalls zusammengewürfelter Puff-Gebrüder war eine Loge durch das Los ihrer Virilität zusammengeschweißter Ordensleute hervorgegangen. Kurz schien mir, sie würden bis in alle Ewigkeit weiter so um den Tisch rumsitzen. Doch jählings zerfiel das Bild. Und wieder gab es da nichts als Amalie und mich und die Kerzenflamme, in deren Einhelligkeit wir ineinanderschmolzen und die uns umgab und barg.

Sehr fern und draußen verging die Zeit. Durchs dichte Gaffadunkel drangen die Freitagnachtgeräusche in unser Zimmerinneres. Es fetzten Mofas gen Gelln der Ghettoblaster auf den Studentenpartys. Es knallten Korken. Wir hörten, wie Yuppies johlten, die sich im Kokainrausch zu weit aus Fenstern lehnten und jubilierend auf den Asphalt zustürzten. Wie die Clochards sich keilten und die Filous flanierten und wie die Huren huschten, müde nach Haus. Aber all das war sehr weit weg. Die Stöckelschuhschritte vorbeiheimeilender Frauen traten im Nirgends je und je auf der Stelle. Und auch die Reifen der fahrenden Autos drehten sich bar jedes Wirkungsgrades nur um sich selbst. Es war uns, als ob die Welt in der Welt verschwände, während wir uns hier weiter hiesig hockten. Amalie war von einem solch prächtigen Glanz umgeben, dass es mir weiterhin schier den Atem stocken machte. Und das Schönste war, dass ich spürte: Es ging ihr mit mir genauso wie mir mit ihr!

Nach einer Weile, während derer wir dagesessen und dabei einander angesehen hatten, bemerkte ich plötzlich ein Zucken über Amalies Wangen flitzen. In jähen Wellen ging es über ihr Gesicht, wie spastisch, wie wildes Schmerzgeflacker. Die Augen glühten, von tiefer Wehmut, schien mir. Und dann sah ich ihr sogar Tränen über die Wangen rinnen. Es war ein Antlitzglitzern im Schein des Kerzenflackerns. Ich fragte sie leise, beinahe piepsend: »Geht es dir gut?« Amalie nickte und schüttelte dabei zugleich widerwillig den Kopf, wohl um mir zu bedeuten, ich möge nicht nochmal unser heiliges Schweigen brechen. Ich überlegte, wie ich sie ohne Worte trösten könnte. Bis ich bemerkte, wie stark das alles nun auch mir selbst ans Herz ging. Ich heulte los. Wir schluchzten gemeinsam. Es war aber mehr ein Überborden und Ineinanderüberfließen als ein Herumgejammer, war Kommunion. Wir weinten Tränen, die sich offenbar zu einer explosiven Mischung mixten. Denn was ich nun beschreiben werde, eins zu eins so, wie es stattfand (vorausgesetzt, es ist möglich, die Sache abzubilden), war ein gewaltige Explosion.

Unsre Gesichter barsten und unsere Leiber wurden, ich weiß nicht wohin, hinfortgerissen. Mir war so, als ob die Wände, die uns umgaben, zu feinstem Staub zerfielen und etwas anwuchs im Innern, das jeder Welt entwischte, weil bald kein Ort mehr, groß wie es war, es fassen konnte. Für eine Ursekunde, die unsre Tage tilgte, waren wir nicht mehr hier. Wurden verschluckt, gefressen, suspendiert und enthoben aus unsren Daseins-Ämtern. Alles war herrlich, prachtgesättigt, war still, still, still, still, still, still!

Das war's. Ich weiß nicht, wie lange wir ins Ätherische anästhesiert noch weitersaßen, bis uns der Lärm der Welt einholte. Vom Quell des Rieselns an Stämme pieselnder erster Hunde ergoss er sich ins Gestürz aus Wasserhähnen und Epilatorensurren im Hall der Badezimmer. Vom Passantenschwatzen salut-çavaischen Querüberstraßengrüßens, übers Croissantgekrache und Café-au-lait-Geplätscher aus tausend Kännchen in tausend Schalen steigerte er sich bis ins Lutetia-Fluchen hupender Fahrer wirren Verkehrsgedränges des nächsten Morgens. So kam der Tag.

Amalie seufzte und sah mich an und sagte, unendlich zärtlich klang es, wie wehes Abschiednehmen, und zwar für immer, wie um, ganz Sanftmut, mir jede Hoffnung auszuhauchen, wir könnten uns jemals wiedersehen: »Ich werd jetzt gehen.« Worauf sie aufstand, sich ihre Kutte auszog, sie in den Seesack stopfte, in ihre Sachen schlüpfte und mich bat, auch meine Kutte auszuziehen und ihr zu geben, was ich so langsam wie möglich tat. Statt eines Abschiedsküsschens sah mich Amalie noch einmal eindringlich-zärtlich an und verließ dann unsere Eremitenhöhle. Als ich, nach einer Schuhanziehsekunde, leise die Wohnungstüre schlagen hörte, spürte ich, wie sich mein Herz zusammenzurrte. Ich war allein.

Obwohl ich nackt war, und ziemlich zitternd, wegen der Bodenkälte, saß ich noch lange da. Erst Stunden später, die mir wie Jahre schienen, die mich um Äonen altern lassen hatten, stand ich in meiner Küche, stürzte – erst mein, dann ihr Glas, dann den Dekanter leerend – wie wild den Wein hinunter, schluckte die Datteln, ohne zu kauen, warf mir Hände voll Risibisi in den Mund, rieb mir den Nachtisch in mein Gesichtsfeld. Er schmeckte lasch. Aus meinen Fleischestiefen konnte ich noch ein Beben spüren. Die Kraft der Kräfte, die an den Knochen rüttelt, war es. Mir ging die Nacht nach, von der ich spürte, es war *die* Nacht gewesen, die Nacht der Nächte, nach der es sich nicht einfach weiterleben ließe, als wäre mir nichts geschehen.

Am frühen Abend ging ich dann doch zur Uni, in eine Ringvorlesung über das Spätwerk Michel Foucaults. Ich schlenderte, wie Studenten schlendern, müde vom Nachtverbringen, träg vor mich hin. Zuerst die Rue hinunter, in der ich wohnte, dann in die Seitenstraße, vorbei am Tabakladen, in dem Frank zeit seines Hierseins ausgeholfen hatte, vorbei am Bistro, in dem ich manchmal zu Abend aß, an der Boulangerie »La Levure de l'Être«, in der ich Morgen für Morgen Brioches und Baguette zu holen pflegte, vorbei und weiter, um an der Kreuzung, bei der Laterne, die schon zu flackern anfing, beherzt rechts abzubiegen und nunmehr einfach geradeaus zu gehen unter Platanen, die ihre Blätter fallen ließen, in Richtung Seine.

DAS WIESEL

HENRI SCHWANKT DURCH die Morgensonne, die sich verausgabt wie keine Sparglühbirne. Nein, sie gibt alles. »So wie die Gehwegplatten leuchten«, denkt er, »gleißen die Fensterscheiben vom Tau aus Taubenfedern, die dran vorüberstrichen, beim Flug ins Blau rauf.« Sie klunkern, flirren. Es blinken Auspuffrohre der neben Hauseingängen geparkten Feuerstühle, die auf Visiten brummböser Buben bei to-be-wild-gebornen, ehrbaren Töchtern schließen lassen. Es pinkeln Hunde, funkelnd-fontänisch, ans graue Silber helldunkler Buchenstämme, die wie geschmirgelt wirken. Und längs der Bordsteinkanten lichter Alleen glitzern in Reihen die Karrieristenkarren von denen's herglänzt (als hätt sich Hinz verkünstelt mit seinem Lodenlappen, wenn's nicht gar Kunz war) und die ihn blinzeln machen. Im Fernherbeigerannten, flackernd Entbrannten, »Licht« Genannten hellgreller Hiesigkeiten kann er partout nichts sehen.

Chromblitz um Chromblitz schafft es bis unter den Rand des Trapperschlapphuts, den Henri aufhat, passend zur Westernweste im Bund der Lederhosen, auf die sich Speckglanzflecken lecken und die in Cowboystiefeln stecken, die den Asphalt bestampfen. Holterdipolternd. Stolpernd. Er ist verirrt. Er fragt sich, in welche Richtung ihn seine Schritte tragen. Er kommt vom Park. Nach Monas Mottoparty (*Der mit dem Wolf tanzt*) wird es ihn wohl dort hinverschlagen haben, wo ihn die Vögel weckten im letzten

Venusschimmer, und er im Gras lag, neben der wie herbeigetorkelten, leeren Whiskeyflasche, nah einer Feuerstelle, von der noch Schwaden schwelten … Fragt sich nur wie …

Henri geht in sich. Er lässt die Party, so gut sein vom Feuerwasser flambiertes Hirn es zulässt, Revue passieren, von spät bis frühe. Wieder klirrt er mit Gläsern, smalltalkt mit Mitbewohnern, zahnzerrt an Spearrippresten, schreckschießt mit Knarren, spürt Schwingtür um Schwingtür ihm kühle Luft zufächeln. Ah, wie das gut tut, an diesem Julimorgen, der schon so heiß ist, dass man ihn für die highnooniöse Mittagsstunde halten möchte! Es war erfrischend. – »Jedes Jahr ist es ganz großes Kino! Und nicht nur, was die Kulisse angeht!«, denkt Henri und rekapituliert die Partygäste. Who-the-fuck war noch wer? Schorsch kam als Greenhorn … Bärbel als Barmann … Kai als Komantsche … Ansgar als »Aasstück, an dem Kojoten nagten«, Shawn als Schamane, der damit umging, wer warum welches Krafttier habe. Henri eruiert zudem Sheriffs (Schenk, Schavakhiri), Squaws (Anastasia, Kim und Cornelia), zwei leichte Mädels (Nadine und Irmi), ein Pferd (die Trappentreuers) und einen busenstarken weiblichen Ku-Klux-Klanler, der einen Holzspeer führte (vielleicht Ajdin?) …

Er selber gab Albert Johnson, den Mad-Rat-River-Trapper, der ihn am meisten angesprochen hatte bei den Recherchen für seine Rolle und den es, in blizzardumblasener Leibhaftigkeit, wirklich gegeben hatte, wenn auch in Kanada und nicht in den »Staaten«, aber zu Westernzeiten, also: egal! Johnson war Fallensteller ohne Lizenz, Saboteur der Kollegen (sprich: Tierbefreier) und Polizistenmörder, der sich am Rattenfluss eine massive, von feigen Sheriffs dann dynamitgesprengte hölzerne Hütte baute, woraufhin ihn ein Heer von Schergen fast bis nach Alaska jagte. Doch auch in anderer Hinsicht übte sich Henri gestern als Abenteurer, der auf der Flucht verweilte. Vor Monas Squashgenossin seit ein paar Wochen, die es offenbar auf ihn abgesehen hatte. Die Frau war scharf!

Vivien, so hieß sie, hielt kein Kostüm für nötig. Ihr Gesichtchen war braun und glühend. Darin zwei Funkelaugen, kirschpralle Lippen und eine Harkennase, um die die Züge fratzten, bewegt erregt, beim Dinge-Sagen. Er fand sie schön. Dabei wäre sie Henri wohl nicht mal aufgefallen, wenn es nicht zwischen den beiden zur Kollision gekommen wäre, in der qua Holzschild mit Westernlettern, zu *Billys Bar* ernannten, schummrigen Ecke von Monas Zimmer. Nach all den Whiskeys, die er, nach all den Whiskeys, die er bereits getrunken hatte, doch noch getrunken hatte, obwohl er's lassen wollte, war es geschehen. Sie sagte, als er sie fragte, als was sie hier sei, in ihrem Trenchcoat, dem leidlich zugeknöpften, mit den paar Pelzaufsätzen, sie sei ein Tier. Vivien versprach ihm, dass er es, wenn er errate, welches, streicheln dürfe, für den Fall, dass er's wollen sollte. Gleich hier vor Ort … Schon ziemlich heiser, es durch die Banjoklänge aus Hartmuts Hifi-Höhle am anderen Wohnungsende krächzend, ihm ihre Brüste weich, aber drängend gegen die Schulter drückend. Sie kam ihm nah.

Henri entsinnt sich, Vivien ins Ohr geplärrt zu haben, das schön geformt war, dass er das mit dem Tiererraten leider vertagen müsse, weil er jetzt, leider, gehen müsse. Es sei schon zwei. Er promoviere, und Promovieren bedeute nun einmal »Vorwärtskommen«, was frühes Weckerklingeln in sich schließe, auch morgen Früh. Vivien verstand. Nur einen Absack-Whiskey wollte sie noch mit ihm trinken. Und er, statt Nein zu sagen, ließ es geschehen. So brach die Nacht an, im On-the-rocks-Geklacker beklirrter Gläser, die weiter Gurgeln füllten, wer weiß wie lange, und erst die Morgensonne bringt wieder Licht ins Dunkel, in das sich Stunden hüllen, um die Gedanken pirschen, blassängstlich bleichgesichtig, durchs dichte Dickicht, nah einer Feuerstelle, um die Komantschen sitzen, die einen Vogel brutzeln, wohl einen Geier, den sie vom Himmel holten, mit ihren Amorspfeilen – die keine waren!

Henri hört eine Turmuhr schlagen. Neun ... zehn ... elf Mal! Längst müsste er am Schreibtisch sitzen. Um »endlich hin zu machen«, so sagt Hermine immer (seine ihm Anverlobte seit ein paar Wochen). Er zuckt zusammen. Die Doktorarbeit, die auf ihn wartet – just jetzt, zur Stunde, in Form von Blätterstapeln, die der Entziffrung harren, brillanten Erstentwürfen, zerknüllten Gliederungen, kruden Konzeptpapieren –, plagt ihn bereits seit Jahren. Er denkt an Harald, seinen Studierkumpanen der ersten Stunde, der sich schon längst durch Harvard haspelt, mit seinen Schnellvorträgen, dabei die Finger flattern lassend, gestikulierend. – Und er parliert hier auf schrillen Mottopartys von Frauen, die Mona heißen, mit fremden Frauen! »Ne, ne, so wird's nicht Henri«, kann Henri Harald, wie immer bestens gelaunt, ihn ermahnen hören, und gibt ihm Recht.

Er taumelt vorwärts. Zwei, drei, vier Trippelschrittchen. Bleibt wieder stehen. Und wankt dann weiter, beinah den Chopper, an dessen Lenker er sich nur kurz festhielt eben, mit sich zu Boden reißend, als er fast kläglich hinstürzt. Er irrt und irrt. Wo bis vor Kurzem noch alles voll war mit Schemen von Joggern, Gassigängern, sylphischen Hutzelweibern, die um die Ecke schwebten und die Henri nach seinem Heimweg fragen hätte können, gleißen nun nur noch Hausfassaden, die keine Miene machen, die Jalousien hochzuziehen, als wären sie Lider, und keinen Türmund öffnen wollen. Er ist allein. Ganz wie ein Mädchen, für das ein Märchen vorsah, dass es den Weg nicht kennte, nur lonesomecowboyhafter, stapft er durch diese Gleißglutgegend, die sich verwunschen anfühlt und einer Wüste ähnelt, falber Prärie.

HENRI LÄSST SICH auf einen Treppenaufgang vor einer Haustür fallen, in einen Schattenwinkel, und denkt, das wär was, einfach Hermine anzurufen, damit sie herkommt, in ihrem Mini Cooper, um ihn zu holen. Schließlich ist Sonntag, und sie hat Zeit! Nur werktags, dann umso länger, wirkt sie als Renomméestrategin bei Frans & Frantz, der Frottee-Firma, als gält's den Weltball warmzurubbeln fürs kratzig Vintageliche versteifter Stoffe. Sie macht es gern. Ach ja, Hermine … Es wäre wirklich kein schlechter Plan, sie anzurufen … Aber vergeblich sucht Henri nun nach dem Handy in seinen Hosentaschen, denen der Weste, sogar in beiden Stiefelschäften und unterm Schlapphut. Er hat's verloren. Ob es Hermines Kurznachrichten (*»Henri! Wo bist Du!!«*) piepsend empfangend im Call-and-Response-Getschilpe mit Staren, Eichelhähern und düsteren Dohlen im Gras im Park liegt? Oder in einer Sofaspalte in einer Zimmerecke oder im Wald all der Whiskeygläser in Monas Wohnung? Oder ob es ihm, als er schlief, gestohlen wurde? Von Gymnasiasten? Die dann die Nacht lang vergnüglich zwitschernd, unter dem Hashtag *#Henrithewhomenizer* und unter seinem Nickname, obszöne Tweets verfassten, die sie in alle Winde schickten? Kann alles sein!

Henri setzt sich die verbeulte Mundharmonika, auf die er beim Handysuchen stieß, an die Lippen und spielt ein Lied. Wie sich in Schluchzen wandelndes Jauchzen, das in ein Murmeln mündet, klingt es. Das Stück heißt »Pan«. Henri entsinnt sich, es schon gehört zu haben. Es war bei Harald, als der noch diesseits weilte, d.h. hienieden, nicht im Ideenhimmel jurygekürter Keynotelectures jenseits der See. Und sich die zwei noch trafen täglich und der Musikliebhaber, der Harald war, ihm Lieder zeigte, die ihm gefielen. Stets lief der Plattenspieler. Es gab Gemüse mit Reis in Kokoscurry und guten Weißwein, und kaum ein Thema, über das diese zwei nicht reden konnten bis in die Puppen: Kleists Marionettenmenschheit. Murkes Gemurmel. Die Macht des Worts … Das schlicht Ovid vertonende, rohe Oboensolo des Briten Britten hatte Henri in seinen Bann geschlagen damals, tief ihm sich eingesäuselt, so dass er es auch noch Wochen später weitersummte und nun die Mundharmonika nur seinen Lippen anzunähern brauchte und in sie hinein zu seufzen, um auch schon mit dem Panslied loszulegen, wie er erstaunt bemerkt.

Ohne es je geübt zu haben, spielt er's und spielt's und spielt's. Eher frenetisch fröschequäkend als das Syrinxgesäusel in notenhalszarte Halme metamorphierter Frauenschenkel, durch die ein Odem hechelt, klingt es. Und dennoch schön. Und umso schöner, als es schon auf das Thema von Henris Doktorarbeit anspielt, die – unter andrem, exkurs- und streckenweise – auch von Verwandlung handelt, wie wir erst weiter unten sehen werden. Henri hätte, so plump wie partypässlich, auch *Hang down your head Tom Dooley* oder *Blue moon of Kentucky* tröten können. Aber nein, er spielt Pan!

Henri hält inne und lässt die Arme hängen. Er hat genug. Er starrt ins Flimmern im Dunst über den Gehwegplatten. Er blinzelt, schweigt. Zikadensirren, fernes Motorenbrüllen, Getschilp von Vögeln, die in der Krone wohl irgendeiner lederblättrigen, raschelnden Eiche ihr nur um sich selbst bekümmert drög-frohes Liedchen pfeifen, durchdringt die Mittagsstille. Er ist benommen. Nach einer Weile (die vielleicht Stunden dauert, in deren Ablauf Henri nichts sieht und sichtet, was ihn von seinem sich-ins-Geschick-bequemerischen, steinernen Hocker reißen könnte) schreckt er jäh auf. Wie weiße Mäuse, die durch den Schnapsdunst wimmeln, der aus ihm aufsteigt, will Henri scheinen, was er erblickt, wie Wahngebilde, wie irrer Humbug schalen Schimärenschimmerns! Dort auf den Gehwegplatten, im Camouflagegeflirre kniehoher Hitzeschwaden, steht – er erkennt es sofort – ein Wiesel, das in die Mittagshelle blinzelt! Es schaut ihn an.

»Mich täuscht ein Trugbild. Das kann nicht sein!«, denkt Henri. Mit Leidenschaft las er einst Castaneda und glaubt an Geisterwesen, mehr oder minder, wenn sie durch Wüsten wuseln, durch die ein Wind weht, der in den Seiten blättert. Aber nicht hier und so! Weniger Männchen machend, als einer zwergenhaften, femmefatalistisch selbst noch bei solchen Hitzegraden in ihren Nerz gehüllten, drunter bestrapsten Diva ähnelnd, lässt es die Vorderpfoten lasziv vorn runterhängen, wirft seinen Kopf nach hinten und zwinkert ihm fröhlich zu. Henri zischt: »Kusch! Verzieh dich! Du Hermelinhomunkel!« Aber das Wiesel bleibt. Es kommt, mit Schrittchen der beiden Hinterläufe, gar auf ihn zugetrippelt. Mit seinen Raubtierzähnen, die scharf, gefletscht sind, scheint es zu grinsen. Und wie die Augen funkeln. Blitzklug und schalkdurchschillert. Es ziept und zirpt.

Langsam hebt Henri die Mundharmonika, seine Benton, mit der er schon viele Lieder spielte. Als Souvenir von früher, d.h. aus der Schulzeit, zu der er noch durch die Gegend gurkte, als Scout und Wegefinder, ist sie ihm lieb und teuer. Aber was soll er machen, jetzt, wo ihn dieses zwar kleine, jedoch gemeingefährliche Raubtier angreift? Henri holt aus und wirft. Die Mundharmonika trudelt in Richtung Wiesel, um ihm den Kopf zu spalten oder zumindest die Zähne einzudrücken. Aber sie fliegt vorbei. Trifft statt des Wiesels die Tür eines Nobelschlittens in dessen Rücken, von der der Lack absplittert. Es gibt Alarm. Henri springt auf und flieht. Jenseits davon, das Geld zu haben, für Demolagen aufzukommen, die keine Absicht waren, flitzt er die Straße runter zur nächsten Kreuzung, biegt dort rechts ab, rennt weiter, läuft, läuft, läuft, läuft, Alleen lang, vorbei an Schulgebäuden, die leis und leer sind, »zu«-en Dessousgeschäften und Bäckereifilialen, die trotz der Sonntagsöffnungszeiten, oder deswegen, schon längst geschlossen haben, hastet durch Tunnel, in denen Tags tentakeln, die sich nur schwer entziffern lassen, wenn man so dran vorbeischnellt, falls sie sich überhaupt entziffern lassen, wie dem auch sei.

DIE STORY WILL ES, dass das Wiesel mit ihm Reißaus nimmt. Es schnellt voran. Fast will man meinen, dass er es jage, könnte der Grund sein für Henris Hinterihmhergehechte. Denn, ja, er folgt ihm durchs Glühen der Sommerhitze, wie wider Willen. Wenn Henri schlapp macht, sieht er das Wiesel in weiter Ferne schon auf ihn warten, an einer Ampel lehnend, verwegen gähnend, fast hämisch cool. Nur ein Sombrero fehlt ihm, um totalmente wie ein Bandido auszusehen, der Henri genüsslich harrt. Sobald sich Henri, alsbald tatsächlich jagdversessen, ihm zu sehr nähert, läuft's wieder los. So geht es weiter und immer weiter im Stop-and-Go-Getrippel klirrender Krallen übers Gestein der Bürgersteige, im Hinterdreingeklacker lederner Schuhabsätze. Bis Henri, verschwitzt nach Atem ringend, plötzlich sein Haus aufflimmern sieht – dort!, am Straßenende! Er ist daheim!

Das Wiesel bohrt seine Krallen ins Holz der Eingangstüre und sieht sich um nach Henri, der sich ihm langsam nähert, bar jedes Tonus vorwärtsplumpsend. Gleich ist er angekommen. Er schwitzt, er pumpt. Er ist zu müde, um das Wiesel jetzt noch groß im Genick zu packen, und es, sagen wir, gegen die nächste Wand zu schleudern. Er sperrt nur auf. Sobald die Türe sich in den Hausflur öffnet – d.h. nach Ewigkeiten teils glänzend neuer, teils rostig ausgedienter, gekrümmter Schlüssel, die leise klirren, während sie Henri durch die betäubten Finger gleiten – fließt fast das Wiesel, statt dass es trippeln würde, in Richtung der Treppenstufen, die in der Abendsonne schimmern, und schnellt hinauf. Henri stakst hinterher, den Flur entlang, auf dessen Schachbrettmuster die Absätze seiner Cowboystiefel ganz anders hallen, als auf dem Gehweg draußen – so hohl und hell.

Vor seiner Wohnungstüre im dritten Stockwerk angekommen, sieht Henri auf dem Schuhabstreifer wieder bereits das Wiesel sitzen und seiner harren, als ob's ein Hündchen und er sein Herrchen wäre. Inzwischen wundert es Henri schon ein bisschen, dass es noch hier ist und sich nicht schon längst in Luft auflöste, wie es sich schließlich ziemt für Wahngebilde. Aber was soll er tun? »Warten, bis es verpufft ist, kann ich ganz gut auch drinnen«, denkt er, sucht seinen Wohnungsschlüssel und öffnet dem Tier die Tür. Das Wiesel lässt sich nicht erst umständlich bitten. Es huscht hinein. Flitzt durch den Flur ins Ausruhzimmer, springt auf die Schlafcouch, auf der sich sonst immer Henri ausstreckt, um kurz zu nicken oder über eins der Probleme nachzudenken, die sich ihm stellen im Zusammenhang mit seiner Doktorarbeit, was es, so scheint's ihm, weiß. Es dehnt den Rücken, wirft seinen Kopf nach hinten, schlägt seine Krallen ins Fleisch des Sofapolsters und stiert mit Funkelaugen, die fiebrig glühen, Henri eindringlich an.

Henri wird, als er das sieht, ganz flau zumute. Er spürt ein Kribbeln in seiner Magengegend, und wie er zögert, einzutreten. Hermine ist nicht zu Hause. Henri zieht diesen Schluss aus der Abwesenheit ihres Schlüssels an ihrem Schlüsselhaken. Wo kann sie sein? Beim Bowlen? Auf einer ihrer oft langen Landpartien? Oder gar in der Oper wieder, mit Fritjof Frantz (dem Frottee-Zögling und ihrem Vorgesetzten in der PR-Abteilung)? Nichts, das sich regt. Nur leises Stuhlgeknacke und dumpfes Kühlschranksurren, fern aus der Küche, und das Geräusch der Krallen im Stoff der Sofakissen sind zu vernehmen. Henri wird schwarz vor Augen. Kurz überlegt er, vor sich die Türe zuzuziehen, und, diese Nacht nur, nochmal im Park zu schlafen, fragt sich dann aber, was Albert Johnson denken würde über solch feiges Zaudern, in seine Hütte vorzudringen. Und tritt nun ein.

Die Wohnung wirkt wie verwunschen, als Henri auf Cowboystiefelspitzen eher in sie hineinschleicht, als protzendpolternd von Raum zu Raum zu stampfen durch ihr Hiscastle-Haftes. Sie ist so still … Im breiten Lichtstrahl, der durch das Fenster stöbert, gespenstern Staubpartikel, die stets die Luft erfüllen und die man wohl täglich einschnauft, nur eben sonst nicht sieht. Ihm fröstelt. Er spürt die Möbel fremdeln. Sie knarren, knurren. Der alte Sessel, der Sekretär, der Zeitungsständer, der Tisch, die Stühle, die Couch, die Bücherborde … Sie scheinen Henri irgendetwas von Bedeutung zuzuraunen, das doch nichts meint. Fast klingt es außerirdisch, als wären sie eben erst frisch herbeigestolpert, aus einem Nirgends kosmischer Wegsamkeiten des Durch-ein-Dunkel-Tauchens. Sie sind so da …

Henri lässt sich auf einen der beiden Hocker neben dem Schuhschrank fallen, die ihm der Händler, ein schräger Vogel mit wirren Haaren und krummer Nickelbrille, als »Hank und Hink« verkaufte vor ein paar Jahren. Er zwängt die

Füße aus seinen Ledertretern. Ein Duft von Cheddar entschwebt den Wandersocken, auf deren linkem ein rotes R steht und vice versa. Endlich geschafft. Da hockt er, starrt vor sich hin ins Kammerflimmern. Nichts, das passiert. Bedeutend länger als noch vertretbar für diesen Westernschmöker stockt das Geschehen. Das Vor-sich-hin-Geharre Henris, das nichts in Gang setzt, erzeugt ein Gähnen, d.h. lässt Löcher klaffen im Narrativ und Lücken starren, durch die das Nichts hereinweht. So fad und öd! Doch dann erhebt sich Henri, es wirkt wie ferngesteuert. Mit der vom Feuerschüren rußigen Rechten fährt er die Wand des Flurs lang, greift sich den – für den Fall der Ruhestörung – stets daran angelehnten, an seiner Spitze oben queueartig eingestäubten, gesträubten Besen und schwankt ins Ausruhzimmer. – Das Wiesel schläft.

So sehr's sein Plan war, das Biest hinauszufegen, so dass es pfotenrudernd weit durch den Flur geflogen wäre, gegen die Türe, um daran zu zerschellen, gibt Henri ihn wieder auf. Spätestens morgen, denkt er, wird es ja ohnehin verpufft sein, also was soll's. Er lehnt den Besen an die per Loszug auf einer Fachschaftsparty vor Jahren eingeheimste Reproduktion eines Gemäldes Füsslis, die an der Wand hängt (das Bild heißt *Nachtmahr* und stellt eine dahingestreckte üppige Frau dar, zu der, durchs Fenster hechelnd, ein dunkler Hengst hereinschaut, während ihr etwas alpartig Affenhaftes aufsitzt), und legt sich hin. Ganz Tramp und Trapper legt er sich auf den Teppich neben der Schlafcouch, auf der das Wiesel wohlig herumgurrt, von weiten Wiesen träumend, über die höchstwahrscheinlich Häschen hoppeln ... Henri schläft sofort ein.

ALS HENRI AM NÄCHSTEN Morgen aufwacht, ist er zutiefst erholt. Die Knochen schmerzen ihm von der Bodenhärte, aber er fühlt sich gut. Beinah schon glücklich … Was heißt »beinah«!? Der Schwall des Lichts ist's, der ihn mit Frohmut flutet und sein Gesicht fratzt und ihm die Augen aufkeilt. Er grinst sich kirr. Durchjauchzt vom Jodeln draußen des Obstverkäufers, durchjuchzt vom Jubeln junger Juwelendiebe auf ihrem Heimweg, blickt er über sich ins Gefunkel des für die Kammer zu großen Lüsters, den mal Hermine kaufte, als er die Assistentenstelle annahm. Wohl in Erwartung kommenden Glamours, der Professur … Der Lüster reicht fast bis zum Boden. Henri kann mit den Kristallen spielen, wenn er den Arm hebt und seine Finger ausstreckt. Sie klimpern, klirren.

Ach ja Hermine … Wo die wohl abblieb, seit er die Wohnung leer fand? … Seltsamer Tag … Sein Irren … Dann dieses Wiesel, das ihn nachhause führte … Die Nacht im Park … Er grübelt, wie es zu all dem kommen konnte. Von Piets Pejote-Pansche, die zahm als »Punsch« firmierte, und auch von Freddys Friedenspfeifenschwaden hielt er sich weise fern … War was im Whiskey? Na ja und wenn auch. Im Gold- um Goldkelch über ihm ausgeschütteten Licht oder Honig, der hier hereinseimt, ist Henri ganz Aal im Andrang luzider Lustbarkeiten, der sich drin reckt und räkelt. Die Frühluft, die durch das Fenster hechelt, ist heilignüchternmachend, erfrischend kühl.

Henri rollt sich zur Seite auf alle Viere und stemmt sich hoch. Sein Blick fällt dabei auf das Sofa, auf dem das Wiesel schnaufte. Es ist nicht da. War ihm ja klar gewesen, dass es alsbald verschwunden wäre, restlos verpufft. Ein wenig ist Henri, wie er erstaunt bemerkt, enttäuscht darüber. »Wer will ein Wiesel missen, das einem heimhilft, wenn man umherirrt«, denkt er. Und ist doch froh. Hermine ist durchweg »tierallergisch«, wie sie es nennt: hasst Katzen; verabscheut Hunde; graut sich vor Mäusen, die durch die Wohnung huschen, und ihrem Dreck. Wie sie gezetert hätte, wenn sie's gesehen hätte, und erst gerochen, ist unausdenkbar, und Henri fragt sich, ob es denn überhaupt irgendwie gerochen hätte, das flinke Wiesel, virtualiter, wenn es nicht nun verschwunden wäre … Na ja, egal. Er geht zum Fenster, streckt seinen Oberkörper hinaus ins Frühluftwehen und sieht sich um.

Wie alles erstrahlt und auflacht und jubiliert! Als wär's der Morgen des ersten Tages, den Henri erlebt, ein Sommermorgen des Sich-gewaschen-Habens, tief im Azur. Wie froh die Kinder mit Linealen fechtend und mit den Ranzenrasseln auf ihren Rücken, aus deren Katzenaugen die reflektierten Sonnenstrahlen blitzen, in ihre Schulen tanzen! Mit ihren Stimmchen, die durch die Gegend gellen, hört er sie schreien. Er sieht die Jogger, sieht, wie sie schwappen, oder, je nach Kaliber, mit ihren Muskeln zucken. Er sieht die Anzugträger ihre frisch pomadierten Aktentaschen in die per Knopfdruck schon beim Das-Haus-Verlassen unendlich lässig von fernher aufgezappten geparkten Wagen pfeffern, sieht, wie man Gas gibt, um in Büros zu brettern. Auf und davon. »Alle Welt schafft und wirkt was«, denkt er, und fühlt sich selbst so voll einer Kraft, die Taten fordert! Er geht ins Bad.

Keuschklares Wasser stürzt in die Badewanne, als käm's aus Quellen. Es gluckert, gurrt. Fast wie Gemurmel klingt es, kichernder Nymphen, die Henri zu sich rufen. Er zieht sich aus. Er schiebt die Hose runter, wobei die Schenkel schwabbeln, öffnet das Hemd. Als er es abstreift, bemerkt er auch vier, fünf Kratzer, die von der linken Schulter in Richtung Herz verlaufen. Vielleicht vom Pinkeln gestern? Dicht war das Dickicht, das wohl auch Dornen aufwies, in das er vorstieß, als er kurz strullern musste. Das wird es sein. Er steht vorm Spiegel und schaut sich an. Der matte Sternglanz tief im Pupillenungrund, der leichte Rußfilm, der sein Gesicht eindunkelt, sind noch zu sehen. Nur nicht das Rautenmuster gekreuzter Gräser, die ihm die Stirn bestriemten beim Auf-der-Wiese-Liegen. Das ist verblasst.

Henri steigt in die Badewanne und seift sich ein. So fest, dass Seifenblasen knisternd zerplatzend von seinem Leib aufschweben, schrubbt er sich ab. So laut, dass Echotöne die zweite Stimme bilden, pfeift er dazu das Panslied. Bis es, nach einer Weile fröhlichen Hingeträllers, von selbst verstummt. Danach greift er zur Rasierschaumdose am Rand der Wanne, schüttelt sie zwei, drei Male und lässt es quellen. In einer Männerzeitschrift, die er neben sich auf dem Sitz fand, im Zug, vor Jahren, las er, dass sich die Frauen Männer heute mehr als Adonis wünschten denn als das Urvieh, das vor Jahrzehnten Lüste weckte, als Jane noch Jane war und Tarzan Tarzan. Diese Zeit sei vorbei. Das gab ihm zunächst zu denken, für ein, zwei Grübelwochen, auf die dann Taten folgten, die Rituale wurden im Lauf der Jahre. Sie sind es noch. Er schäumt die Brust ein, Gesicht und

Achselhöhlen, Skrotum und Schambein, zieht seine Haut straff und lässt die Klinge gleiten. Er schabt sich blank. Er tut es, wie hier erwähnt sein möchte, auch für Hermine, die's schlichtweg eklig fände, wenn er es je vergessen würde. Scheut sie das Buschwerk im Mief der Feuchtgebiete doch wie vielleicht niemand sonst ... Aber genug geplaudert aus den Kosmetikbeuteln. Weiter im Text!

Henri steigt aus der Wanne und geht, ein Handtuch um seinen Nacken, ansonsten nackt, den Flur entlang, fußgroße Pfützchen ins Holz des Bodens stampfend. Er kennt sein Ziel. Es ist das Anziehzimmer, in dem die Schränke stehen, seiner, Hermines, und eins steht fest: Henri wird heute Hemd und Anzug tragen! Als Doktorandendandy statt Nerd mit Nietennimbus (d.h. im T-Shirt) wird er sich an den Schreibtisch setzen. Weil Kleider Leute machen und er zu lang schon, ach, viel zu lange!, abseits der Pfade wandelt, die ans Katheder führen, im Schmalz der Schmuddellocken, die ihn zum Minotaurus im Labyrinth seiner Texte machten, durch das er schweifte, Skizze um Skizze schreibend, ohne voranzukommen. Bis ihm an einem Sommermorgen sein Prof, Blanchierer, sagte, dass er's nicht mehr mit ansehen könne. So sehr er Geistesblitze und Akribie zu schätzen wisse, nun sei's genug. Er beschaffte ihm ein Promotionsstipendium und sagte, er könne wiederkommen, aber erst mit finaler, gestutzter Fassung seiner assoziationstentakelnden, dauerhalbgaren Doktorarbeit. Das war vor Jahren, die Henri hinkroch, wie in den Staub getreten, einer Arena, umringt von Zirkusgästen vom hundertfachen sauberen Aussehen Haralds, die ihn sich winden sahen und applaudierten. Nicht, um ihm Mut zu machen, o nein. Weit eher, um ihn im Dampfgehämmer stampfender Stiefel tiefer hinabzudrücken, als er schon ohnehin logierte. Heute aber wird der Stier bei den Hörnern gepackt und angegriffen! Auf in den Kampf!

Als Henri, beim Zimmer angekommen, mit Verve die Türe aufwirft, zuckt er erschreckt zusammen. Was muss er sehen! Im Moos des Shaggyteppichs leicht links der Mitte des großen Raums (in dem drei Schaufensterpuppen steif salutierend aus ihrer Wäsche gucken) wieder das Wiesel! Es schaut ihn an. Im Jalousienzwielicht, in dem sein Fell flirrt, steht es da und beäugt ihn, den Bauch, die Schenkel, das noch vom Eingeseife und Rasieren leicht erigierte Glied. Henri verspürt ein Unbehagen, sich so besehen zu sehen, vom »haarig Andern«, wie er in seiner Doktorarbeit übers *Anthropomorphe als Krux der Fabel* gewieft »das Tier« betitelt, von dem »der Mensch« behauptet, dass es »nur Vieh« sei, *um mit sich eins zu werden, und zwecks Entzweiung der Herrchen-Hund-Hybride, die ihn zum Mischling machen.* So seine These, eine von vielen, die der Entfaltung harren … Aber nicht jetzt!, nicht jetzt! Henri fühlt sich – nackt vor dem Wiesel – zu exponiert, um rumzuposen. (Ihm fehlt die Muße für Präzisionspreziosen, wie sie der Promotionsstil fordert.) Er will nur fliehen.

Henri kommt nicht vom Fleck. Statt dass die Füße ihn raus auf die Straße trügen und Henri schrie, schwebt lediglich eine der Hände zum Nacken seines tropfnassen Körpers. Sie greift zum Tuch. Das Wiesel sieht Henri ganz ruhig zu beim Hüftumheddern. Kein Deut belustigt, will Henri scheinen, nur interessiert. Und auch bei Henri weicht das

Erschrecken einem erstaunten Starren, das sich nun ganz dem Wiesel widmet. Was für ein Tier! Offenbar liegt ihm nichts ferner, als vor ihm Angst zu haben. Anstatt zurückzuweichen, weil Henri sich ihm nun behutsam nähert bis auf zwei Wiesellängen, bleibt es gelassen stehen. Wie Westernhelden, Gangster und Sheriff, oder wie Wilder und Conquistador-nach-der-Landung sehen die beiden einander an. Bis das Wiesel beschließt, sich davonzumachen, bevor die zwei hier noch Staub ansetzen. Mit einer Drehbewegung, elastisch schwingend, lässt es sich auf die Vorderläufe fallen und huscht an Henri vorbei ins Wohnungsweite geheimer Winkel zahlloser Zimmer, die Tür um Tür verbindet … Henri aber – in seinem Lendenschurz frantzscher und fransscher Frottizität und Kratzart – steht da, wie vom Blitz getroffen, und staunt ihm noch lange nach.

HENRI GEHT IN DIE KÜCHE. Das Hemd, der Anzug geben ihm Halt und Nackenspannung. Die Kleidung wirkt. Er setzt Kaffee auf, kaum dass der Knopf gedrückt ist, geht das Geschmauch schon los. Auf der Kaffeemaschine steht *Lady Byron*, im Schwung der aufgedruckten, gallschwarzen Lettern. »Passender Name«, denkt Henri schmunzelnd immer, wenn er sie schwelen riecht, hört, wie sie röchelt. Er trinkt Kaffee. Er frühstückt. Nicht viel, drei Brote mit etwas Parmaschinken und Mortadella, auf die er Senf kleckst und Mayonnaise tüpfelt und jungen Gouda schichtet. Vor offenem Kühlschrank, aus dem es ihn anhaucht, wurstwürzig wehend, isst er – mal seine Finger nach den Oliven, mal nach dem Aufschnitt, mal nach dem Käse spitzend – gemütlich stehend.

Mit der Kaffeetasse in seiner Rechten, aus der der Dampf steigt, schlurft er ins Arbeitszimmer, entklappt den Laptop, dehnt seine Finger und lässt die Schultern kreisen, soweit das drin ist, ohne dass Knöpfe springen, macht brummelnd summend, nach einer Technik, die zur Entspannung da ist, noch sein Gesicht vibrieren, drückt dann den ON-Knopf. Gleich geht es los. Fanfarisch dudelnd fährt das Programm hoch, erscheint die Kennwortfrage, tippt er »heutplatzter« ins Weiß der Antwortleiste und meint den Knoten seiner vermaledeiten Doktorarbeit, der sich so langsam gordisch ausnimmt: zig rote Fäden, die sich verheddert haben im Lauf der Wochen, ein wüstes Knäuel. Kurz wird ihm schwindlig, als sich, nach und nach, auf dem Desktop all die dort abgelegten, wild titulierten Textdateien auftun, sie sich zusammenbrauen wie fette Wolken, die ihre Schatten auf die Schönwetterlandschaft des scharfen Bildes werfen, das er als Desktopfoto festgelegt hat. Es war im Wallis, dass er es schoss, im Frühling, sie waren wandern, er und Hermine, nach einer Walser-Tagung, an der er teilnahm, sie dorthin mitnahm damals. Vor wie viel Jahren! Gezackt die Gegend, aus der die Berge-voll-Schnee in das Blau-des-Himmels ragten. Als Blanchierers Günstling, der Henri war, war er ganz Gams und Gipfelstürmer und hatte von Ferne schon den Mont Blanc vor Augen. Jedwedes Ziel so nah …

Während er darauf wartet, dass der Laptop endlich bereit ist, seine Befehle auszuführen, sieht Henri zwischen zwei Bücherstapeln plötzlich sein Handy liegen. Wohl sein Vibrierton, der es in diese Schlucht bugsierte. Es steht auf stumm. Henri verbindet die Punkte, die sich im Display zeigen, zu einem nur ihm bekannten, so streng geheimen wie komplizierten Linienmuster. Es leuchtet auf. Das SMS-Gepiepe will, wie es erst scheint, kein Ende nehmen. Sechs der acht Kurznachrichten, die ihn so vehement erst jetzt erreichen, sind von Hermine, eine von Harald, der nach Europa kommt bald, in Henris Stadt gar, auf ein Kolloquium zum Werk Franz Kafkas (Thema: »Verschellen«), und ihn besuchen möchte, wenn er es wolle. Die jüngste Nachricht wurde von einer numinosen Nummer abgesendet, die wie fingiert wirkt, so seltsam lang ist sie, endlos, aberwitzig. Kurioserweise enthält sie, wenn auch in durcheinandergewürfelter Kombination, das Datum von Monas Mottoparty, wie Henri (der während des Studiums »das Anagramm« beforschte) erstaunt bemerkt.

Fand's schön. Bis bald mal!, liest er. Statt eines Namens folgt nur ein Sternchen und eine geschweifte Klammer. Henri denkt nach. Er fragt sich, was sie bedeuten könnten, Sternchen und Klammer, wofür sie stehen. Für Ausschweifung? Nachts? Im Freien? Schäferstündchen? Henri spürt, wie sein Blut klopft, an seine Adernwände und ihm wird bang. Natürlich denkt er an Vivien, was nicht heißt, dass er offen zu hoffen wagen würde, er habe die SMS von ihr erhalten. Denn Henri kennt's. Wie oft ist das nicht schon vorgekommen, dass sich an ihn eigentlich nicht adressierte Kurznachrichten in sein Gerät verirrten! Leute, die mit *Die Dildaps* zeichneten, und die, *wegen der Konditionen*, die offenbar einen *Witz* darstellten (die er aber nie vereinbart hatte!) mal ein Konzert absagten ... Hildas und Hannas, die meinten, ihm wütend mitteilen zu müssen, es sei nun *für immer aus.* Gratulationen zu gewonnenen Film-, Literatur-

und Schönheitspreisen und Kondolenzdreizeiler erreichen ihn – aufs halbe Jahr zurückgerechnet – einmal im Monat, wenn nicht pro Woche. Er ist's gewohnt.

Henri weiß: um herauszufinden, ob es sich bei der Nachricht um eine Botschaft Viviens und bei der Nummer um ihre handelt, muss er sie SMS-befunken. Oder er ruft sie an. Immerhin ist die Hoffnung ja nicht prinzipiell und für immer auszuschließen, es könnte sich endlich ausgespenstert haben in seinem Display und Henri könnte von jemandem, den es tatsächlich gebe, in seinem Umkreis, wirklich gemeint sein. Er als er selbst. Henri spürt, wie er zittert. Er drückt das Icon mit grünem Hörer, presst sich das Handy ans Ohr und horcht. Statt des in A gestimmten gellenden Summtons ertönt eine Androidenstimme, weiblich robotisch, die, statt »Hallo?« zu sagen, apathisch leiernd eine Art Vaterunser aufsagt: *»The graceful person Thou just hadst called to, is temporarily not available. Try it a little later, honey.«* Erregt-erleichtert legt Henri auf.

Nach einer Weile (während der er Verschiedenes vor sich hin geträumt hat) klickt Henri auf die aktuellste Version der Datei, an der er gerade tüftelt. Das leise Schnurren des Prozessors ist ihm das Türgeknarre eines renovationsbedürftig uralten Hauses, in das er eintritt. Die Zeilen Schwellen zu Zimmern, die der Erschlüsslung trotzen. Die Sätze Wendeltreppen steilster Verstiegenheiten von Theorien, die »das Chez-soi-Sein, das Lévinas bebafelt« mit der Ohrensesseligkeit von »Bachelards Banausie einer ›Raumpoetik‹« sowie der »Tierheits-Tropik Jacques Derridas« verbinden. So steht es da. Anhand von Henry [sic!] James' dröger Spätgeschichte *The Jolly Corner* will Henri zeigen, dass die Tiersymbolik darin »schlicht für die Katz« ist, d.h. nichts abwirft, als Metonymik und Metaphorik: »maskiertes Rumgeschleiche domptierter Doppelgänger dressierter Menschenwesen, weitab von wild«.

»Ein alter Ami von der Art der Versager, den's nach Europa scheuchte zeit seines Lebens, pirscht in *The Jolly Corner*, repatriiert durchs Zimmerdickicht eines ererbten Hauses und sucht ein Wesen, das ihm ein somnambules, weil nie gelebtes Sein verkörpert. Es spukt herum. Fast ahabsch manisch jagt Spencer Brydon, so heißt der Ami, den scharfe Schatten ans Weiß der Wände werfenden, falben Mollusken mit der Marshmellow-Mimik, d.h. die amerikaneske, groteske Mannsform, die er vielleicht geworden wäre, wär er nicht feig geflohen.« Soviel zur Story, wie Henri sie resümiert hat vor ein paar Tagen. Sie lässt ihn kalt. In diesem Abschnitt geht es ihm mehr um die »Jagdmetapher als agoneske Anmutskeule« denn um Probleme des Plots und des Spannungsbogens. Um »die Rhetorik des Stils der Anverwandlung von Mensch und Tier«, um »HUNDiadyoins, KATERchresen, PersoniFINKationen, ARANCHizismen« und was weiß er!

»Vom Wahn der Wie-Vergleiche« heißt das Kapitel. Und es klingt so: »›Wie‹ wie: ›erwürgend‹. Eines. Das Andre. Antagonistenranglig. Ich will's erklären. Folgendermaßen. ›Analogia‹ ist aristotelisch, mithin dem Sein einheischig. Womit ich meine, dass Ens es selbst sei. Sicher nicht dies und jenes. Soviel hierzu. Nun zu den Wie-Vergleichen, die durch die Texte schwirren. Wenn wir mit Wies hantieren, holographieren wir Wirres ins Interferenzgehedder des Flirrens der Anmut, das nur Geschichten eignet, die uns vertieren.« Henri, der sich, wie immer, erst alles ansieht, bevor er weiterwerkelt, liest die Stelle noch einmal durch. »Hört sich nicht schlecht an. Muss aber noch weiter ausklamüsert werden. Gleichsam sich selbst entwunden«, denkt er. »Aber dann, glaub ich, wird's.«

Gerade will Henri sich an die Sache machen, als er meint, aus dem Zimmer nebenan ein Geräusch gehört zu haben. Das leise Klirren von kleinen Krallen auf dem Holz des Jatobabodens? Da war's schon wieder! Henri springt auf. Er schleicht zur Ausruhkammer, holt dort den Besen, der an der Wand lehnt (dezent am Füssli-Poster) und jagt drauf los. Er sucht das Wiesel zuerst im »Living«, späht dort umher, horcht, schnuppert, er lässt sich fallen. Er robbt, kriecht, hält inne, lauert, rappelt sich auf, nimmt Anlauf, springt auf die Holzkommode, um auf dem Schrank zu schauen, ob dort das Wiesel kauert. Nein, tut es nicht. Henri pirscht durch die Zimmer, kippt Korb um Korb um, zerstreut die Knäuel zerstörter Erstentwürfe, zerknüllter Briefe an ferne Freunde, die Heinz und Harald heißen. Doch immer Fehlanzeige. Er lüftet Kissen. Er lupft Matratzen. Er wühlt in Wäschewülsten. Er öffnet Schränke. Gar in den Ofen schaut er. Ohne Erfolg. »Das Wiesel ist Widerfahrnis!«, denkt er, ein wenig wütend, doch auch von Ehrfurcht angegangen und gibt es auf.

Zurück beim Schreibtisch fällt Henris Blick auf den schlanken Cursor, der sich zeigt und verschwindet ... aufblinkt ... wieder verbirgt ... »Ganz wie das Wiesel«, denkt Henri, und er beginnt draufloszutippen. Noch außer Atem vom Durch-die-Wohnung-Wetzen schreibt sich's erstaunlich gut. Statt opulent zu werden, pompös und schwammig, bleibt Henri flitzfiligran. Mit dem wendigen Sinn des Kleinwildjägers, der durchs Gestrüpp robbt, schnellt er durchs Formulierungsdickicht. Er kommt voran. Er schreibt, bis um kurz vor zwei sein Handy klingelt. Hermine, klar. Henri erkennt es am Mendelssohns *Weddingmarch* orgelnden Jingle, der ihren Rufton darstellt, seit sie verlobt sind. Er holt tief Luft. Reinsten Gewissens gedenkt er, gemütlich loszuplaudern, wenn er gleich abhebt, und so, als wär nichts, von seiner Nacht im Park zu sprechen … Jetzt geht er ran.

DRAUSSEN HÄNGT SCHWER die Schwüle herab aus Kronen, ledrig die Blätter an kargen Ästen, die sich von Stämmen spreizen und mürb, fast morsch erscheinen. Sie ächzen, knarren. Der Sang der Vögel zirpt neuroleptisch im Grün der Lindenhirne, wahnweiß bemäntelt vom Staub der Ausfallstraße. Als walzte Lava entlang der Blechlawinen, fließen die Bürgersteige hin unter Heel-Höh'n von leichten Kleidern umwehter Frauenschenkel. Es flappen Flippflopps umbienter Beachboys. Es klirren Krallen struppiger Strolche, kalbsgroßer Greyhounds und camouflierter Rassecollies. Das Fell der Hunde trieft im Dahingetrotte vom Schweiß der Herrchen, die krumme Schatten werfen. Die langen Zungen, die aus den Mäulern hängen, lecken fast den Asphalt noch trockener, als er sich ohnehin schon darstellt. Auch Henri geht vorneüberhängend. Er stöhnt, keucht, schwitzt, hechelt und flucht.

In seinem Dandyaufzug aus langer Anzughose, Sakko und Hemd schlurft er die Straße runter in Richtung Ronald Gerunkels Bioladen, in dem er tagtäglich einkauft. Das geht ins Geld. Sorgsam verrührtes, mit den Verfallsprodukten von – zu Michaeli in einem Ziegenschädel verscharrter – Eichenborke versetztes Wasser macht schlichte Felderdbeeren, die man damit besprenkelt, zu echten Edelklunkern. Funkelnd rubinrot wie aus Juwelierauslagen glühen sie Henri an. Er nimmt sie jedes Mal wieder, legt sie zu Äpfeln, die wie die Hutzelweibchenwangen runzlig und falb sind, kein Deut bebotoxt, sprich: nicht behandelt, in seinen Korb, kauft triebumsprießte, weiche Kartoffeln, biegsame Möhren, runklige Rüben, verwelkte Blattsalate, zerdätschte Zwetschgen, zerquetschte Kiwis, zermantschte Mangos, grüne Bananen, die ein Vermögen kosten. Ganz so, wie es Hermine wünscht.

Hermine hat übrigens, als er ihr beim Telefonieren vorhin von seiner Nacht im Park erzählte, hörbar den Kopf geschüttelt und ihm berichtet, wie sie, als sie am Sonntagabend heimkam, ihn auf dem Boden neben dem Sofa liegend vorgefunden habe. In diesem Trapperaufzug … Sie sei erschrocken. Weil er so leblos dagelegen habe, wie tot dahingesunken, und zugleich schnarchte, was sich doch recht gespenstisch ausgenommen habe, auch etwas viehisch, jedenfalls nicht human. Als sie ihn wecken habe wollen, um ihn ins Bett zu bringen, habe er laut geschrien: »Du Biest! Verzieh dich!« So auch am Morgen, als sie's erneut versuchen habe wollen. Sehr schweren Herzens, ziemlich besorgt auch, habe sie Henri liegen lassen müssen, wie sie zur Arbeit aufbrach. Sie sei erleichtert, ihn nun wohlauf zu hören! Im Augenblick, in dem Henri Hermine schon fragen wollte, ob sie das Wiesel gar nicht gesehen habe, hörte er erst ein Rascheln, dann dumpfes Stimmenmurmeln, dann ein Geknister, wie wenn Hermine in ihrer Tasche nach ihrem Handy wühlen würde, dann einen Piepston, gefolgt von Stille. Minuten später erst kam die Nachricht: *Chef kam ins Zimmer. Sehn uns um sieben. Kauf ein & koch was bitte. Küsschen, Hermine.*

Im Bioladen herrscht eitel Grünheit, schönstes Oasenklima. Das In-die-Wüste-Schickerische des Auftrags einzukaufen ist wie verflogen. Henri lädt Ochsenherzen, d.h. Tomaten, ein Petersiliebündchen und ein paar Karotten in seinen Korb. Auch Quark und Joghurt, Kefir-auf-Frucht und Sahnepudding nimmt er, all das gewohnte Zeug. Wie immer, wenn er an den Fleischersatzprodukten vorbeikommt, bleibt er kurz davor stehen, um mal zu sehen, was es nicht alles gibt inzwischen: *Vegane Wildbretplatte, Wie-Mortadella, Hasenrücken-für-den-kein-Tier-starb, Cordon vert, Chili sin Carne, Bacon auf Sojabasis* … Na immerhin. »Die Carnologik des Veganismus treibt hübsche Blüten«, denkt Henri und vertieft sich wieder in seine Einkaufsliste. Da und dort lädt er Linsen, Quinoa, Dinkelnudeln, Senfsaat und Hirsecracker in seinen Korb, mit dem er dann Richtung Kasse tingelt. Er legt die Einkäufe aufs Manövrierband, das leise aufquietscht und vor sich hinknirscht, vom Couscous- und Amaranthgeriesel, das aus den Recycling-Verpackungen losbricht, wenn man sie hochhebt. Es klebt von Sanddornsäften, die hier verschüttet wurden, und trübem Met. Die Kassiererin lächelt ein scheues Lächeln, im Blick der Mehrschrot von Gram und Gerstenkleien, als sie

Henri die Summe beichtet, deren Horrenditát ihm wie immer die Brauen hochreißt. Er zahlt und flieht.

Zurück zu Hause, schlägt Henri, sowie er eintritt, scharf ein Geruch entgegen. Das Wiesel scheint defäkiert, gepieselt, mit den Realien exkrementaler Unterpfände seiner Präsenz geprasst zu haben. Es stinkt enorm. Auf seiner Schlafcouch sieht Henri zwei länglich zugespitzte, spiralisierte Fäzes liegen. Sie riechen streng. Er holt die Leselupe für alte Schriften und allzu Kleingedrucktes aus seinem Arbeitszimmer, hebt einen der Fäzes ins Licht der Sonne, die durch das Fenster flimmert. Er wird studiert. Die Haare vertilgter Tiere und kleine Zähne, Samen von Früchten, ja sogar Federn erhaschter Vögel sind in das Exemplar verwurstet. Henri durchschaudert's bei dem Gedanken, dass offenbar nicht einmal Flügel vor dem Verschlungenwerden durch dieses schlangenhafte, wendige Wesen schützen können, das ihn hier heimsucht. Ihn und Hermine, die davon in der Tat keinen Wind bekommen sollte, Wiesel bewahre! Es wäre schlimm ...

Henri geht zur Toilette. Er wirft die Wieselwürste ins klare Wasser. In Kreiseln trudelnd, sinken sie auf den Grund des Beckens und bleiben dort reglos liegen. Henri drückt auf den Spülknopf. Die beiden Fäzes tänzeln im Strudeln, steigen kurz wieder auf, werden im Sog hinabgerissen – und sind verschwunden. Eine Weile lang noch schaut Henri ins strahlend Weiße unterm zur Ruhe gekommenen Zittern der klaren Wasseroberfläche, geht dann zum Waschbecken, wäscht sich die Hände mit sehr viel Mangoseife und verlässt daraufhin das Klo. Die Fäzes waren es nicht, die den

Gestank verbreitet haben, wie Henri nüsternbebend bemerkt. Der Duft der Fährte führt ihn ins Anziehzimmer. Henri muss husten, als er die Türe aufschiebt. Nichts wie das Fenster öffnend stürzt er hinein.

Ins Holz des Bodens unweit des Shaggyteppichs hat sich ein dunkler Fleck gefressen. Henri sieht sich die Stelle an und Panik packt ihn. Nicht weil die Sanierung des Bodens wohl teuer werden dürfte. Das hält er augenblicklich sogar für relativ unerheblich. Es ist etwas anderes, das da droht, ihn um den Verstand zu bringen: die Form! Hastig holt Henri den Atlas aus dem Regal im Arbeitszimmer. Damit er sich hier nicht Dinge vormacht, die so nicht sind … Aber er sieht ganz recht. Mit Ausnahme nur der linken, lotrechten Unterkante, die George Washington oder wer auch immer mit dem Lineal zog, stimmen sie überein, der Pisseumriss und die Form jenes Nordstaats, den die Indianer, bevor die Cowboys kamen, in blauer Vorzeit »Mit Himmel gefärbtes Wasser« tauften: *Mi ne so ta!* Henri rast in die Küche, füllt einen Eimer mit Apfelessig, greift sich die Abspülbürste vom Rand des Spülsteins, stolpert zurück ins Anziehzimmer und putzt drauflos.

Die pralle Einkaufstüte, die Henri vorhin beim Eingang abgestellt hat, liegt – als er, erschöpft vom Schrubben, zu ihr zurückkehrt – schlaff und zerschlissen da. Ihr Inhalt ist weit verstreut. Henri sieht Krallenspuren im Rot der Ochsenherzen. Zerschlitze Pappeschachteln. Die Petersilie ist ganz zerzaust. »O dieses Biest!«, denkt Henri und kniet sich nieder, um alles aufzusammeln. In der Küche legt er die Ochsenherzen auf einen Teller. Er steckt die Petersilie in ein

Glas voll Wasser, stellt es ab auf der Arbeitsplatte, versteckt die (heimlich beim Heimweg von Ronald Gerunkels Räuberhöhle in einem Supermarkt gekauften) Cheeseburger, Hot Dogs und Pizzen im Tiefkühlfach unter Spinat- und Blaubeerschachteln, füllt einen voluminösen Topf mit Nudelwasser, salzt es und setzt es auf. Er raspelt Möhren, hackt etwas Petersilie, zerdrückt die Ochsenherzen und lässt das Radio dudeln. Aus weiter Ferne meint Henri schon leises Stöckelschuhgeklacker wahrzunehmen. Hermine naht.

Warum nicht als nächstes Dampf aufsteigen lassen von Bergen von Nudeln, die sich auf Tellern häufen und sich um Gabeln winden, die sich gemütlich drehen? Warum die beiden nicht traut zu Tische sitzen und in ein Gespräch vertieft sein lassen? Henri Hermine von seinem fast an ein Wunder grenzenden heutigen Vorwärtskommen mit seiner Doktorarbeit, Hermine Henri im Gegenzug von einer nicht üblen Lohnaufstockung (von der sie ja gut, als der Chef hereinkam, während sie telefonierten vorhin, erfahren haben könnte) erzählen lassen? Gefragt, geschehen! Schon gehen die zwei zum Nachtisch über. Sie trinken – vom Esstisch in ihre kürzlich angeschaffte flauschige Sofaecke umgezogen – entkoffeinierten Kaffee und schlemmen Eierkuchen mit Zitronenbaum- und Lavendelblüten zu Crème anglaise. Henri massiert Hermine die vom Gezwäng der Stöckelschuhe lädierten Füße, Hermine seufzt genüsslich. Fast hält es Henri bereits für möglich, das mit dem Wiesel heute vor ihr geheimzuhalten. Schickt ihn Hermine doch schon nach der Fernbedienung, mit deren Hilfe sich alle Huschgeräusche sowie das Klirren der Krallen auf dem Jatobaboden leicht übertönen lassen dürften. Als sie es auch schon hören.

Es ist ein Girren, in der Tonlage einer Oboe etwa, kieksend entfesselt, aus jedem Klangzwang strikter Harmonik freigelassen. (Es klingt wie ein Werk John Cages. Nur wieselhafter …) Hermine sieht Henri an. Der gleiche leicht irritierte Blick ist's, mit dem sie vorhin auf den Parfumgeruch, der in der Wohnung hänge, hingewiesen und in um Beiläufigkeit bemühtem Tonfall Henri gefragt hat: »Ist jemand hier gewesen?« Henri, der den gesamten Inhalt eines irgendwann für sie gekauften Flakons voll »Nuttendiesel« (wie sie es damals nannte) versprüht hat, bevor sie heimkam, um den Geruch des Wiesels zu übertünchen, hat es hastig bejaht. Irmela, die Referatskollegin von vor paar Jahren, sei, kurz nur, hier gewesen. Solange eben, wie er benötigt habe, sie wieder abzuwimmeln. Es sei ihm recht rasch gelungen … »Hörst du das? Dieses Girren?«, fragt jetzt Hermine, und für die Dauer eines düsteren Augenblicks verspürt Henri die Versuchung, »Nein« zu sagen. Aber er widersteht. Henri wird seine Liebste, denn, ja, das ist sie!, nicht in den Wahnsinn treiben, indem er eiskalt behauptet, sie bilde sich da was ein.

Er räuspert sich, senkt die Stimme bis an den Rand des Aufschnappbaren und erzählt ihr schließlich, vernuschelt murmelnd, die ganze Wieselstory. Wie's ihm erschien, den Weg wies, ja: bis nach Hause führte und auch am Folgemorgen seines wohl bisher tiefsten Rausches noch nicht verpufft war. Nun ist es raus. Henri hat vor sich hingesprochen, gesenkten Blickes, drucksend, beschämt. Hermine wirkt nicht eben glücklich über seine kuriosen Neuigkeiten. Aber sie trägt's gefasst. Ungleich gefasster, als er es sich hätte träumen lassen. Henri kann gar nicht glauben, dass das Gewitter ausbleibt, dass er den ganzen Tag lang von Ferne grollen hörte. Ein wenig ist ihre Miene natürlich schon verdüstert, und, ja, sie schluckt ein wenig, aber das ist auch alles. Sie fragt ihn, was er denn nun zu tun gedenke. »Na, es verjagen«, sagt er erleichtert, aber darauf bedacht, nicht dem Hauch eines Zweifels an seiner Einsichtigkeit in den Ernst der Lage Raum zu geben. Hermine nickt. Die Wieseltöne, die zur musikalischen Untermalung des Ganzen natürlich weitergirrten, sind jetzt verstummt.

Nach einer Weile des stillen Stirngerunzels und Vorsichhinsinnierens versetzt Hermine: »Komm, lass uns schlafen gehen.« Und so geschieht's. Sie putzen Zähne, schlüpfen in Nachtgewänder, legen sich hin. Natürlich nicht ohne vorher nachgesehen zu haben, ob auch nichts kauert unter der designierten Eheschlafstatt, sowie die Türe zu ihrem Zimmer nicht schlicht nur zugezogen, sondern sorgfältig abgesperrt zu haben. Kurz wird gekuschelt, sich was ins Ohr gewispert, als auch bereits der Schlaf sie einheimst. Sie ruhen sanft.

ALS HENRI AUFWACHT am nächsten Morgen, ist das Bett neben ihm schon leer. Hermine ist bei den Frottee-Fräntz(s)en. Er ist allein. Wie einst die Abenteurer und Pioniere im Wilden Westen fühlt er sich lonesome gottverlassen und ab vom Schuss. Schwadende Schwüle umdunstet Henri, der tropisch tropft, so warm ist's, und er beeilt sich, noch schnell den Rollo hochzuziehen, um frische Luft hereinzulassen, bevor sich die ersten Ofenklappen öffnen in der Taubenbräterei dieses Schlaraffensommers. Er flieht ins Bad. Aus Rohren, die in den Wänden wummern, strömt kühlstes Wasser in den gebirgsgumpenhaft durchgluckerten Grund der Badewanne. Der heiße Henri, d.h. der durcherhitzte vom Glühn der Grade, steigt seufzend hinein und zischt ein wenig. (Oder erheblich. Oder doch eben nicht im Geringsten, ganz nach Geschmack und Lesermeinung. Jedenfalls kühlt er ab.)

Erfrischt vom Plantschen und bleich befrühstückt mit weißem Toastbrot, das nicht getoastet, nur wieder wurstbewabbelt in ihn hineinquoll, setzt Henri sich an sein Wie-Kapitel und schließt es tatsächlich ab. Erstmals verlässt er die Innenräume von Brydons Erbhaus, stolpert ins Beatnikhafte ginsbergscher Anruchanmut und Sodomien, wehender Windmetaphern. Er ist im Freien. Flink flitzen Fingerspitzen über die Tastensteppe jäher Unendlichkeiten. Henris Geist ist ein leicht untersetzter Kleinwildjäger, der über Wiesen purzelt, durch die die Wörter wieseln. Er rollt voran.

Irgendwann kurz vor Mittag hört Henri sein von der Nacht noch leise gestelltes Handy brummen und sieht es flirren. Meldet sich da *The Person* wieder?! Mit noch mehr Sehnsuchtszunder in Sachen Schäferstündchen? Nein, tut sie nicht. Es ist nur Harald. Harald, der Hirnenhancte, der einen Link schickt zu einer Ritalin-Webseite. Und einen Zwinkersmiley. *Gegen Entscheidungslahmheit*, schreibt er, und dann (in Klammern), dass er es super fände, wenn sie sich mal wieder sehen würden, Harald und Henri. Es gebe viel zu erzählen ... Henri kann sich in etwa denken, was es groß zu erzählen geben könnte, auf Seiten Haralds. Von neusten Sprossen auf der Karriereleiter, die er erklimmen konnte, von Strategien des Vorwärtskommens, all solchem Kram. Henri schreibt nicht zurück. Er liest sich lieber nochmal die schlichte, verheißungsvolle Botschaft durch, die ihm *The Person* schickte, und wählt daraufhin ihre Nummer. Wieder hört er die Androidenstimme, die sagt, gerade würde es zwar nichts werden mit einer Liveverbindung, doch später!, später sicher. Demnächst, demnächst!

Henri schreibt noch ein Weilchen weiter. Dann steht er auf, weil Hunger grummelt im Inneren seines obzwar nicht faltenschlundig überm Bund seiner Anzughose geschürzten, doch auch nicht waschbrettartig gerippten Bauchs. Während er mit einem Teller – darauf eine Tiefkühlpizza, die er bei diesem Wetter nicht erst groß auftaut oder gar bäckt – dahinschwankt in Richtung Sofaecke, in die er hinsinkt, und er ihn kaut und kühlschluckt, den Semifredo der künstlich raubereiften *Vier Jahreszeiten*, sieht er sich spähend um. Er hat das Wiesel heute noch nicht gesehen. Auch keine Spur gesichtet in Form von Flecken, die das Parkett verhunzen, von neuen Krallenkratzern, spiralisierten Würsten oder zerscherbten Blumenvasen. Es wird doch nicht schon Reißaus genommen haben – nur weil er Hermine gegenüber was vom »Vertreiben« sagte –, noch bevor er es richtig jagen konnte!? Er hofft es nicht.

Henri holt seine, wohl von Hermine wegen des Rauchgeruches auf den Balkon verbannten, dreckstarren Trappersachen und zieht sie an. Der Duft des Stadtparks, der daran haftet, könnte, so sein Gedanke, vielleicht das Wiesel locken, das ihm von dort gefolgt sein dürfte. Henri pirscht los. Durch Flure, als wären sie Schluchten oder auch Gänge in einem Tierbau, in den er eindringt. Er kriecht und robbt. Dann wieder kauert er sich ins Zimmerpflanzendickicht oder in eine Mauernische, um dort zu lauern, minutenlang, und hervorzustürzen, sobald sich das Wiesel zeigen sollte. Doch nichts geschieht. Henri horcht, schleicht und späht. Oft ist ihm, als müsste er's sogleich sichten, derart zum Bersten gespannt ist die Luft. Doch immer wenn er herumfährt, weil er ein Knacken hörte, waren es wieder mal nur die Dielen, die sich unterm Gewicht seiner Schritte biegen. Ihn packt ein Zorn. Henris bedachtes Pirschen gerät zum Raumgerangel. Henri macht Sprünge, zu denen er sich nie und nimmer für in der Lage gehalten hätte. Von einem Stuhl aus springt er auf das entfernte Sofa, von dort aus auf den zum Glück soliden Holztisch, von wo aus er auch noch den Schrank erklettert, den es an seinem anderen Ende ein wenig hochhievt. Er kraxelt, turnt. Er macht Regale wanken, aus denen Bücher poltern, und kippt Kommoden, die mit den Türen klappern. Fast hat's was Veitstanzhaftes. Er randaliert.

Nach einer halben Stunde des Randalierens gibt Henri auf. Erschöpft setzt er sich auf die Seitenleiste eines gestürzten Stuhls und starrt vor sich hin. Seine Brust hebt und senkt sich. Er keucht, er schnauft. Er fühlt sich, als hätte er, was schon lange nicht mehr der Fall war, Sport getrieben. Das tut ganz gut. Nach einer Pause, während der er sich ein aus Salz, Zitrone, Minze, Magnesiumpulver und starkem Grüntee flugs selbst gebrautes, kräftiges Isotonium einflößt, räumt Henri auf. Er lehnt die Regale zurück an die Wand und füllt sie mit den verbeulten Büchern. Den Tisch schiebt er in seine ursprüngliche Position in der Zimmerecke und umstellt ihn wieder mit allen Stühlen, die verstreut in der Gegend lagen. Dann fegt er durch.

Am frühen Abend, als Henri erschöpft beschließt, mit dem Kochen anzufangen, taucht es dann endlich auf, das Wiesel. Wie um zu zeigen, dass es es nicht für nötig ansieht, sich vor ihm zu verstecken, gewährt's ihm Audienz. Elegisch langsam lässt es sich von der Kommode auf eins der Sesselpolster gleiten und bleibt dort stehen. Mit seinen Funkelaugen, die Henri ja schon gut kennt inzwischen, schaut es ihn eindringlich an. Fast könnte man meinen, dass es ihn hypnotisiere, denn es fällt Henri im Traum nicht ein, jetzt auf das Wiesel loszustürzen. Wer schon mal selber (spätnächtlich heimwärts torkelnd) plötzlich zusammenzuckte, weil ein Wiesel jäh seine Wege kreuzte, wird das verstehen … Henri verspürt ein nach elaboriertem Schwulst verlangendes Ehrfurchtsbeben in seinem Innern. Er fragt sich, ob Rilke im Schwang der Dinggedichte je ein Sonett verfasste, das auf *Das Wiesel* titelt. Es läge nahe. Der enjambement-girlandische Schwung seines Rückens, das allusiv Allürenhafte seiner Agilität, die Erhabenheit seines eleganten Hingehusches durch Raum um Raum … Erst als das Wiesel längst wieder weg ist, entwischt, verschwunden, schafft Henri endlich, sich aus dem Bann zu lösen, der von ihm ausgeht. Zu spät.

Natürlich fragt ihn Hermine, als sie nach Hause kommt, ob er »das Tier« vertrieben habe. Henri verneint's. Es sei durchtriebener, als er vermutet hätte, extrem gewieft. Und er erzählt Hermine von seiner Jagd. Vom Möbelpoltern, wie er jeder Spur, der man nur habe folgen können, mit Verve gefolgt sei, bis zur Erschöpfung, und wie er es letztlich aufgegeben habe. Hermine hört schweigend zu.

SO WIE BESCHRIEBEN, vergehen Tage, Wochen, in denen nichts groß geschieht, was die Geschichte weiterbrächte. Hermine arbeitet für die Frotteefräntz(s)e und Henri als Hausmann und Doktorandendandy, während das Wiesel weiter durch ihre Wohnung wuselt. Es huscht, geht um. Manchmal ist es stundenlang nicht zu sehen, um dann wieder alle fünf Minuten da und dort jählings aufzutauchen, oft nur als vager Schatten, der sich im Flur verflüchtigt, kaum dass es, quer durchs Zimmer flitzend, von Henri wahrgenommen wurde. Aber immer ist es präsent. Und sei es nur durch die Kratzer, die seine Krallen ins Holz der Möbel ritzen. Oder durch das zu spät bemerkte, plötzliche Fehlen des Schinkens auf Henris Frühstücksstulle. Wenn Henri nicht überall seine Happen liegen lassen würde, wäre das Wiesel wohl schon verhungert oder längst nicht mehr hier …

Oft wirft sich Henri in seine Trappersachen – gleichsam in Schale – und stellt ihm nach. Vorher reibt er sich mit dem Kot ab, wälzt sich im Harnduft wie Alabama, Kansas, Ohio oder Indiana geformter Pisseflecken, schwärzt mit der Asche verbrannter Seiten aus dem Papierkorb Hände, Hals und Gesicht ein. Dann jagt er los. Befühlte Fätzesfitzel sagen ihm, ob sie erst vor Sekunden oder bereits vor Minuten hier hinterlassen wurden, je nachdem, ob sie schon eher kalt sind oder noch warm vom Darm. Aber das Wiesel ist ohnehin zu schnell für Henri und, was noch hinzukommt, überaus intelligent. Er hat den Eindruck, dass es immer weiß, wo er sich gerade aufhält, während er es an all den Stellen, zu denen ihn seine Fährten führen, vergeblich sucht. Wie oft war sich Henri schon ganz und gar sicher, es mit dem Schließen einer bestimmten Türe endgültig eingesperrt zu haben, bis er aus einem völlig anderen Zimmer, als demjenigen, in dem er schon seit Minuten möbelrückend jedes Fengshui zerstörte, um es zu finden, sein Zirpen hörte. Henri hat keine Chance. Immer erst wenn er schon gar nicht mehr darauf gefasst ist und aufgehört hat, ihm hinterherzustellen, darf er das Wiesel sehen. Ausgerechnet in den Momenten, in denen er nackt aus dem Bad kommt, erschöpft herumsitzt oder versonnen da liegt, baut es sich vor ihm auf. Oder er sieht's im Vorhang klettern, der hin und her schwingt. Oder er sieht es langsam an ihm vorbei durchs Zimmer schweben, Venus-im-Pelz-haft die kalte Schulter zeigend. Henri fühlt sich dann wie vom Blitz getroffen und steht wie gelähmt herum.

Von Henris Doktorarbeit lässt sich hingegen nicht behaupten, dass sie darob zum Stillstand käme. Unaufhaltsam schnellt sie voran. Oftmals erscheint es Henri, als wäre der Cursor sein eigener Leib eines Lulatschs, der, wenn er schreibt, dahinrast, die Wörter Stiefelstapfen im schneelandschaftlichen, gleißenden Weiß von *Word*. Er *ist* dann der Mad-Rat-River-Trapper, *ist* Albert Johnson, der auf der Flucht ist, vor einem Heer von Sheriffs, die das Gesetz vertreten. Henri sieht sich nicht um. Ein Land der Möglichkeiten tut sich auf vor ihm. Wälder und Wiesen, Wüstenweiten, felsige Berge und kolorierte Canyons ... Er ringt mit Bären. Schwimmt mit Bisamratten kameradschaftlich um die Wette. Spielt mit Kaninchen Fangen. Und all das nicht metaphorisch, sondern total real. Weshalb er, würde ihn jemand fragen, auch gar nicht mehr so genau sagen könnte, woran er da eigentlich schreibt. Ist es ein Tagebuch? Ein Roman? Ein Essay? Oder ist es etwa doch noch das unter Doktoratsanwärtern übliche Dissertationsgedisse im Disputierstil? Ihm ist's egal!

Sein schnelles Vorwärtskommen hält Henri für eng verbunden mit der Präsenz des Wiesels in seiner Nähe. Wieder und wieder muss er an Shawns Gerede auf Monas Mottoparty denken. Seine Behauptung, dass manchen Menschen von einem Tag auf den anderen geistige Tiere ins schnöde Leben träten. Dass diese Menschen sich überaus glücklich schätzen dürften. Weil jene Tiere ihnen fortan zur Seite stünden, als Freunde und Helfer bei der für die Entwicklung der so Erwählten unerlässlichen Überwindung einer besonders verzwickten Lebenslage, und also, wenn man so wolle, bei der Erfüllung ihrer Mission, sie selbst zu werden. All solches Zeug. Damals hatte Henri noch schmunzeln müssen über Shawns Wikipediawissen, das er für einen plumpen Trumpf gehalten hatte. Für Hokuspokus, um groß herauszukommen. Für einen ganz netten Gag, nicht mehr. Inzwischen, das muss sich Henri zusehends eingestehen, nimmt er die ganze Sache aber doch ziemlich ernst.

Apropos »Mottoparty« und »Gag« und »ernst«: Zwei-, dreimal täglich wählt Henri eine gewisse Handynummer. Immer mit dem Ergebnis, dass niemand rangeht, außer der drögen Frauenstimme, die *try it later* leiert. Aber er gibt nicht auf. Er liest sich die frohe Botschaft – *War schön. Bis bald mal …*}* – wieder und wieder durch. Im Display entdeckt er dabei manchmal auch aktuelle Sprachnachrichten seines Studierfreunds Harald, der ständig nachfragt, ob er demnächst sein Gast sein dürfe. Endlich sagt Henri ab.

Erzählt ihm, es brummten Bauarbeiten in ihrer Wohnung. Außerdem sei er *zu tief im Text gerade*, um sich auf anderes, und sei es auch Harald!, einzulassen. Wie oft hat Harald, wenn er was für die Uni fertig machen musste, Henri versetzt?! Verstoßen ins Nichts und Nirgends entsorgter Störfaktoren hatte Henri oft Wochen warten müssen, bis Harald ihn wieder sehen wollte ... Also wird er's verstehen.

Hermine ist da nicht halb so handzahm. Abend für Abend, wenn sie von ihrer Arbeit heimkommt, zetert und zankt sie herum. Immer geht es dabei um Wieselfragen. Ob er's vertrieben habe. Ob es nicht an der Zeit sei, Georg einzuschalten (ihren Freund aus Gymnasiumszeiten und seines Zeichens Kammerjäger). Wie ihn der Zustand, den die Anwesenheit »dieses Biests« hier nach sich ziehe, so wenig stören könne. Der gute Boden verhunzt mit Harnsekreten! Die teure Holzkommode zerfurcht von Krallen! Was einst als Bleibe blitzte, fresse das Wiesel an. Henri versucht, ihr dann zu erklären, dass all das ihm nicht entgehe, wie denn auch?, und dass er es nicht minder furchtbar finde. Aber was soll er tun?! Dem Wiesel Gift hinstreuen, wie es Hermine ihm neulich nahelegte, in Form einer grauen Plastiktüte, die sie ihm mit nach Hause brachte? Während des Abendessens schob sie sie Henri zu. Als er hineinsah, sah er darin ein Päckchen liegen, bedruckt mit Lettern (*The Charme of Chandos*) und Rattenleibern, grausig gekrümmt. »Aha?! Von Georg?!«, schrie Henri heilig zornig, und dass sie Gift drauf nehmen könne, dass er es nie verwenden werde, worauf Hermine wie tiefgefroren »Dann unternimm was Henri« sagte. – Und solche Szenen ereignen sich letzthin oft!

IN DER BIBLIOTHEK, in die sich Henri einige Tage nach diesem Vorfall aufmacht, herrscht die dort auch mittwochmorgens übliche Freitagabendstimmung: Man ist sich hold. Unter den T-Shirts der durchtrainierten Sport- oder BWL-Studenten zucken die Muskelmassen. In Tanktops und engen Blusen wogen im Takt der Stöckelschuhe die prallen Brüste drallschöner Denkerinnen, die, statt zu büffeln, sehr gut auch andernorts um ihren Bachelor buhlen könnten, groß, im TV. Henri sieht sie sich mit den lackierten Fingernägeln durch ihre Haare fahren, während sie, ihre gebleachten Zähne bleckend, mit den beachbehemdeten Brummern von Burschen sprechen, die sie durchs Schwarz ihrer Sonnenbrillengläser, scheint's, gar nicht sehen. Die vom Wimpernklimpern bewegte Luft schwingt und vibriert im Flirtgeflirre. Und Henri? Seufzt.

Er liebt die Knisterstimmung, die akklimatisierte Schwüle, das Kopulieren der hinter Buchbollwerken hervorgeschickten lüsternen Blicke mit Nuditätsnuancen. Doch auch die seitenraschelnde Seriosität und Grauheit gramholder Arbeitstiere – enzyklopädisch bepackter Mulis auf dem Grat all der Fachzeitschriften zu ihrem Thema –, die Gleitsichtbrillenträger der Akribie und das Geschiele der lupenäugigen Exzerpeure mit den Gebeugtheitsbuckeln über dem Staub der Erstausgaben verschönen ihm die Gemütsverfassung. Hier ist es gut! Henri erkennt die Anerkennung im Blick der Hegelleser, hört die Heureka-Rufe der Husserlianer, verspürt beinahe an sich selber das schäferhündische, lefzende Beben derer, die sich *ergriffen* fühlen von *Sein und Zeit*. Und jetzt sieht er sogar seinen ehemaligen Kommilitonen Hannes »the Milky« Meier, wie einst in Röhrenhosen und mit hippem Hut auf, unendlich lässig auf das Regal zusteuern, in das die zerfleddertsten Bücher der Bibliothek gezwängt sind: Ginsberg, Kerouac, Baudrillard …

Kurzum: Es glitzern Zeitkristalle, die Henri mit einer ihn seufzen machenden Nostalgie erfüllen. Ihm scheint, die Stunden, die er hier tête-à-tête mit den Tonangebern seiner Diversitätsdiskurse, d. h. mit den Paukenschlägern der Epochizität seiner Denkgeschichte zugebracht hat, seien ausnahmslos noch präsent. Er bräuchte nur eines der Bücher von damals aus dem Regal hervorzuziehen und wäre ganz ohne Zeitverluste wieder zurück vor Ort. Und auch Hermine ist weh zugegen im Wink der Wiederkünfte. Denn hier genau war es, dass er und sie einander, wie man sagt, »näher kennen« lernten, irgendwann fern im Mai.

Henri war gerade auf dem Weg zu einem für seine Gedankenführung wichtigen metaphorologischen Standardwerk gewesen und hatte sie sich verstecken sehen, hinter ihrem enormen Bücherstapel, um – die Mitnahme jeder Form von Lebensmitteln war, wie das Sprechen, damals noch streng verboten – kauernden Kauens von ihrer Möhre abzubeißen, daran herumzumümmeln. Fast wie ein Tier … Spontan war er auf sie zugegangen, hatte sich zu ihr herabgebeugt, um ihr ein strenges »Na, na, na, nächchen!« zuzuschmunzeln, und hatte sie daraufhin auf ein Stück Kuchen eingeladen. So war's geschehen. Von da an gingen sie öfters gemeinsam in die Kantine, wenn sie einander, was immer häufiger vorkam, zufällig trafen und verloren sich in Gesprächen, die sie einander näherbrachten. Bald kam's zum Händchenhalten und Kuss um Kuss und Trennungsschmerzen, wann immer sich ihre Wege zweigten, weil sich die eine zu Beginn des Semesters für das Seminar über *Schillers Schurkenseele* eingeschrieben hatte, während der andere aufgrund seines damaligen Faibles für alles Abgekartete sich für die *Pokernde Periodizität Perecs* entschieden hatte. Es war ihre beste Zeit!

Henri kann von den Schritten, die er macht, dumpf den Boden beben spüren, wie er beäugt wird, und sich die Blicke wieder zurück in die Bücher senken an allen Tischen. Die Signaturenliste aus seiner Hosentasche führt ihn zu Buch um Buch. *The Natural History of Weasels and Stoats, Das Wiesel in der europäischen Volksüberlieferung mit besonderer Berücksichtigung der finnischen Tradition, Brehms Tierleben, Das Handwörterbuch des Deutschen Aberglaubens, Der Fang der Thiere* und einige andere Titel sind es, die er da und dort aus den verquer sortierten Metallregalen hervorzieht und auf den stetig schwerer werdenden, wachsenden Stapel wuchtet, mit dem er hier durch die Gänge taumelt, wie eh und je. Als Henri alle Bücher beisammen hat, lässt er den Stapel mit leisem Donnern auf einen der freien Tische fallen, setzt sich, stützt seine Ellenbogen aufs PVC der Arbeitsfläche und öffnet das erste Buch.

Aus der sorgfaltstrotzenden Monographie *Das Wiesel in der europäischen Volksüberlieferung* erfährt Henri, dass die Wiesel, die seit der Steinzeit von Mainz bis Mekka die weite Welt besiedeln, durch die Jahrhunderte hindurch für Fabelbildung sorgten. Sie figurierten, wenn nicht als Hexen, die sich zu Wieseln wandeln, als flinke *Teufelsdiener der Thereomorphizität* und schnelle *Knechte steinböser Zauberinnen*, die nur zu hauchen brauchen, damit einem *am ganzen Körper Pusteln* wachsen. Eine andere Quelle, als die eben zitierte, behauptet, dass man, wenn man am frühen Morgen ein Wiesel sehe, in Kürze eines *qualvollen Todes sterben werde.* Es sei denn, dass es einem vorauslaufe, statt einem den Weg zu kreuzen. In diesem Falle werde es nur seinen *Gegnern schaden*, man selber aber bleibe wohlauf. Henri liest, dass die *Nieren des Wiesels*, wenn man sie sich *in die Ohren lege*, prompt gegen Taubheit wirken, der *in der Hosentasche verwahrte Schweif* wie Viagra und dass das *noch zuckend einverleibte Herz eines Wiesels* einem erlaube, *die Zukunft vorauszusehen ...* Immer wieder muss Henri während seiner Lektüre innehalten. Die schiere Mythenfülle ist zu verwirrend. Während der eine Volksmund etwa jauchzend behauptet, dass *bald ein Glück geschehe*, wenn sich ein Wiesel in *eines Haus einniste*, krakeelt der andere, allein schon davon zu *träumen* zeitige *größte Not.* Ein wenig mulmig wird Henri bei diesen Dingen, die er da liest, kurz schon zumute. Er sagt sich dann aber: »Was will man vom kompilierten Aberglauben diverser Völker denn bitte sonst erwarten als tumbsten Unfug, falsifiziert durch Widersprüche?«, und legt das Buch eilig weg.

In *The Natural History of Weasels and Stoats*, einer Gemeinschaftsstudie, die sich den *Hermelinen* und den *Gemeinen Wieseln* widmet, doch diesmal wissenschaftlich, nicht unkend munkelnd, liest Henri – neben viel Wissenswertem über Populationsgrößen, Anatomie und Jagdverhalten –, dass man dem Wiesel mit all dem Humbug, den man ihm angedichtet habe, noch immer Unrecht tue. Ein Wiesel sei schlicht ein Wiesel, kein böser Dämon oder bei Bedarf guter Geist! So sehr die Co-Autoren auf Fakten pochen, scheinen sie gleichwohl, auf fast frivole Weise, vom Wiesel hingerissen. Henri liest von der *skillfulness* dieser *charming critters*, die *perfect tools in the hands of an artist* in Sachen Tötung seien. Von Sätzen wie *It is said, that a common weasel can pass through a mans wedding ring* ist er fasziniert, aber auch amüsiert. Vor seinem inneren Auge kann er Carolyn M. Kings und Roger A. Powells Eheringe alarmhaft blinken sehen im Schein des Lagerfeuers, an dem sie sitzen, vor ihren Einmannzelten, zweisam nach Wieseln Ausschau haltend, unter gestirntem Himmel …

Der Fang der Thiere, eine struwelpeterisch illustrierte Fibel, präsentiert sich als *»Bilder- und Lesebuch zur angenehmen Belehrung und Unterhaltung«* derer, die der Verfasser, ein gewisser *Heinrich Eduard Maukisch*, als seine *jungen Leser* anspricht. Henri studiert's gleichwohl. *Nicht minder räuberisch und gefräßig* (denn der zuvor skizzierte, *stinkende Iltis*) sei das, als *munter* apostrophierte Wiesel, welches *die Ratten trefflich zu fangen* wisse, *aber auch Mäuse und allerhand Vögel* fresse, sich in der Nacht sogar an *Kaninchen, Hasen, ja sogar an Rehe* wage. Es suche sie, wenn sie schliefen, in ihrem Lager, springe ihnen ins Genick und beiße sich darin fest, ohne das betroffene *Thier* eher loszulassen, heißt es, als bis es *verblutend und massacriert zu Boden* stürze. *Sogar dem Bären* krieche das Wiesel, wenn dieser schlafe, *in seine Ohren*, um ihn so *in Secunden* hinzuraffen. Demgegenüber erscheint es Henri beinah schon nebensächlich, dass sich das Wiesel, Maukisch zufolge, auch gern in Ställe schleiche, wo es *die Kühe melke* und bei dieser Gelegenheit auch gleich *die Euter fresse*. Hört, hört! Das Kapitel, durch das er all dies ermittelt, titelt ein wenig umständlich *»Jagd und Fang des*

Kängurus, Ichneumons, Zobels, Hermelins, Vielfraßes, Dachses, Marders, Iltis, Wiesels, Hamsters, Hasens, Kaninchens und ähnlicher Nagethiere«. Nach vielem Wissenswerten über den Fang des Zobels, Ichneumons, Dachses, Hamsters, Kängurus, Hasen … endlich bei Maukischs Wieselfangmethode angekommen, merkt Henri auf. Er kann kaum an sich halten, als er liest, wie leicht die Wiesel sich angeblich zähmen lassen sollen. Nämlich indem man pfeift! Der hohe Piepston mache sie an das spitze Mäusefiepen denken, oder an das Gebalz von Artgenossen, und locke sie rasch herbei. Henri ist skeptisch, ihm will es scheinen, als wolle Maukisch sich nur vor seinen *jungen Lesern* wichtig machen. Aber wer weiß, wer weiß …

Beim Abendessen referiert Henri Hermine sein frisches Wieselwissen. Nun ja … Zum Teil. Den *Deutschen Aberglauben* und die *Europäische Volksüberlieferung* spart er wohlweislich aus, zitiert nur durchdacht passagenweise aus der *Natural History* sowie ein paar wieselholde, verzückte *Brehms*-Passagen und kommt dann auf Maukischs Trick zu sprechen. Henri erörtert, dass man die Wiesel, wenn man ein Weilchen pfeife und ihnen, sobald sie sich näherten, etwas zu fressen gebe, ganz einfach zähmen könne, was Voraussetzung dafür sei, sie einzufangen und dann – Henri holt seufzend Luft – hinauszuwerfen. Ob sie verstehe? Hermine nickt. Sie scheint erleichtert über Henris Tatendrang, was das Wiesel angeht. Die letzten Wochen haben sie doch ziemlich mitgenommen, in einem Ausmaß, das ihrem Namen etwas fast Omenhaftes im Sinne einer immer verhärmteren Miene einzuprägen drohte. Aber jetzt wirkt sie beinah schon froh.

AM NÄCHSTEN MORGEN reißt Henri ein singsangsanftes, herrliches Gellen aus seinen Nachtgedanken. Es kommt aus ihm. Teils gute Laune, teils Maukischs Jagdmethode, die er im Traum schon ausprobierte, ist es, was ihm die Lippen schnutet. Er trällert, piept, tiriliert. Pfeifend steht er auf, geht ins Badezimmer, wäscht und frisiert sich und auch beim Frühstück hört er nicht auf, virtuos variierte Laute abzusondern. Vertraute Lieder verwechseln Töne jäh enharmonisch mit schrillen Fieppassagen, die fisprompt flirren. Man könnte meinen – sähe man Henri derart der Muse frönen, ohne zu wissen, dass er Methoden umsetzt, die darauf zielen, nichts als das Wiesel anzulocken –, er fiepe Freudenlieder, die ihm bejubeln, was er erst letzte Nacht erleben durfte; er rekapituliere säuselnd das Ineinanderzüngeln lodernder Blicke, das Durch-die-Haare-Fahren geküsster Finger und das verzückte Zügezucken unter den Astarkaden, die in der Sommerbrise und vom Darauf-herum-Gehüpfe zwitschernder Vögel wippten. Man könnte meinen, er sei verliebt.

Als sich das Wiesel nach einer ganzen Stunde, während der Henri ununterbrochen weitertrállert, ihm endlich zeigt, wirkt es noch fern von bezirzt, in Bann geschlagen oder magnetisch angezogen. Es taucht nur auf. Wenn's hochkommt wunderfitzig, d.h. von Neugier angetrieben, hüpft es von der Höhe des Schranks herab auf die Niedrigkeit der Kommode, des Stuhls, des Teppichs, richtet sich auf, legt den Kopf schräg, lässt seine Augen funkeln und hört ihm zu. Zunächst will es Henri scheinen, als warte es nur, dass er aufhöre, hier so merkwürdig schief herumzupfeifen. Aber vergeblich, klar. Maukischs Methode verlangt perpetuiertes Piepen, und Henri wäre schön blöd, sein Experiment, nur weil das Wiesel aufgetaucht ist, als bereits beendet einzustufen. Er gibt nicht nach. Und siehe da, schon geschieht es, dass das Gesicht des Wiesels einen Henri bis dahin fremden Ausdruck annimmt … Es wirkt erstaunt! Sein freches Blickgebrizzel weicht einer Art von Besinnungsschimmer. Es scheint die Stirn zu runzeln. Wie wenn's sich fragen würde, ob es sich bei dem Piepdings da vielleicht doch um etwas anderes handeln könnte als um den bis dato präsupponierten Menschentrottel. Gar um ein Riesenwiesel, d.h. ein besonders stattliches Exemplar von Artgenossen? Könnte doch sein …

Henri geht in die Küche, öffnet den Kühlschrank, entnimmt der Wurstschatulle einen Serranoschinkenstreifen und hält ihn dem Wiesel – das ihm gefolgt ist! – hin. Henri schwingt das Stück Schinken, als wär's ein Lasso, schnell, immer schneller, surrend, und lässt es in hohem Bogen in Richtung Wiesel fliegen, das es sich schnappt und flieht. Binnen Sekunden ist es verschwunden. Um aber schon nach Minuten wieder bei Henri aufzutauchen. Die nächsten Stunden geht es so fort und fort. Das Wiesel holt immer arglistloser die Wurst- und Schinkenstreifen ab beim pfeifenden Herm oder Henri, der sie ihm gibt und gibt. Am frühen Abend bleibt es zum ersten Mal selbst dann noch kurz vor ihm stehen, wenn ihm der Beutefitzel schon von den Lefzen baumelt. Henri meint in den Augen des Wiesels dann einen dankbaren Glanz und ein auf eine unfrivole Weise intimes Glühen wahrzunehmen. Ziemlich erfolgversprechend … Hat er das Wiesel bereits gezähmt?

Das Buch vom Fangen sagt, dass es sich von nun an nur noch um Tage handeln dürfte, bis es soweit dressiert sei, dass es sich sogar in einen Käfig locken lassen werde, den man lediglich zuzuschließen brauche, falls man das dann noch wolle. Henri, der anfangs nichts als ein Schmunzeln und amüsiertes Kopfgeschüttel übrig hatte für Maukischs Jagdanleitung, ist überzeugt. Vorschnell hat er Maukisch als Sprücheklopfer eines Jahrhunderts abgestempelt, das die Frakturschrift des Rauchs der Pfeifen in einen Nebel aus Dunst und Dünkel hüllte. Abends berichtet Henri Hermine stimmenbebend, wie gut es läuft. Er prophezeit ihr, dass das ach so gewiefte Wiesel schon bald einem Dackel von einem Schoßhund gleichen werde. Hermine, die in der Nacht nicht schlafen konnte – wegen des Wiesels, das, während Henri neben ihr friedlich ratzte, am Holz der Türe kratzte –, hört ihm nur müde zu.

Des widerspenstigen Wiesels Zähmung kommt gut voran. Es lässt sich bald nicht mehr nur gerne füttern und öfters sehen, als Henri sich's je zu wünschen wagte. Wenn Henri, in Maukischs Fibel blätternd und pfeifend, dasitzt, möchte es zuzeiten sogar gestreichelt werden, was Henri auch gerne tut. Immenses Beben geht durch den Wieselkörper, wenn er es krault und rubbelt. Er spürt es schnurren. Das Wiesel schlägt ihm dann seine Krallen ins Fleisch der Lederhose (die er inzwischen, wie auch die anderen Trappersachen, fast immer anhat) und girrt herum. Und so geschieht es, dass sie beginnen, durch dick und dünn zu gehen, er und das Wiesel. Wenn Henri frühstückt, umscharwenzelt es ihn, der ihm aus seiner wunderlichen, immer gefüllten Wurstschatulle nach und nach all die Leckerbissen zaubert, die es gerührt vertilgt. Das Wiesel dankt es Henri, indem es ihm auf den Schoss springt, sowie er an seiner Doktorarbeit werkelt. Während die Linke durchs weiche Fell fährt, gibt die Rechte perfekten Text ein. Es scheint ihn zu inspirieren.

Oft noch geschieht es, dass das Wiesel urplötzlich aufspringt, quer durch das Zimmer flitzt und entwischt. Was Henri dann dazu bringt, ihm nachzustellen und es zu suchen, doch je vergeblich, ganz wie zu Anfangszeiten, aber nun nur im Spiel. Sein Fortsein hat nichts Ärgerliches mehr, nichts Omnipräsentes, Schauerliches, eher etwas Henri Erregendes, Feierliches, frivol Versteckspielhaftes. Es macht ihm Spaß. Weicht ihm das Wiesel davon abgesehen doch seit Wochen kaum von der Seite. Sogar wenn Henri badet – längst nicht mehr täglich ist das der Fall –, sitzt es am Rand der Badewanne und sieht ihm zu. Wie er sich einseift und schrubbt und rubbelt an jeder Stelle seines inzwischen behaarten Leibes. Henri hat aufgehört, sich zu rasieren. Und er ist schlank geworden, wohl vom Herumgetobe, wenn nicht von seiner dem Wiesel abgeschauten proteinbetonten neuen Ernährungsweise. Er fühlt sich toll.

Hermine weiß nichts von Henris Schäferstündchen mit seinem Wiesel, das sie übrigens bisher auch noch nicht zu Gesicht bekommen hat. Es zeigt sich ihr nie »in Person«. Sobald sie heimkommt – beim Klang des Schlüssels im Schlüsselloch, oder schon früher, beim Lärm ihrer Stöckelschuhe im Hall der Flure –, huscht es, eben noch ganz verkrallt in Henri, verschreckt davon. Für ihre Blicke *unavailable* macht es sich sozusagen. Aber das (nämlich: dass Henri vor gar nicht Langem noch täglich vergeblich eine gewisse Handynummer wählte …) gehört ja schon gar nicht mehr recht hierher. Was hierher gehört, ist, dass Hermine die Sache mit ihm und dem Wiesel natürlich ahnt. Manchmal passiert es, dass sie Henri ein borstig-kurzes, brünettes Haar vom T-Shirt fieselt und ihn zwar fragt: »Was ist das, Henri?« Aber sie bohrt nie nach. Der jüngsten Hoffnung, er würde das Wiesel wirklich in ihrem Mini Cooper bald weit aufs Land rausfahren, um es dort in einem der Wälder auszusetzen, gibt sie sich längst nicht mehr hin. Hermine scheint sich mit seiner Präsenz in der Wohnung abgefunden zu haben. Oder ihr fehlt inzwischen schlichtweg die Kraft, sich mit Henri deswegen herumzustreiten. Außerdem – ließe sich darüber hinaus anführen – hat sie zur Zeit ganz andere Sorgen. Sie fürchtet um ihren Job!

Fritjof, ihr Vorgesetzter, erzählt sie mit monotoner Stimme nur wenn man nachfragt, sei mit ihr nicht zufrieden. Wohl weil sie wirklich zu viele Fehler mache. Das mit der Lohnerhöhung, habe er jüngst verlauten lassen, sei leider nun nicht mehr drin. Sie könne froh sein, wenn ihr nicht bald gekündigt werde. Wegen der Kollektion. Ausgerechnet jetzt, vor den Sommerferien, gehe in den Frottee-Foren der Republik das Gerücht um, die neuen frantzschen-und-fransschen Badetücher seien nicht hipp-weil-»retro«, sondern »von gestern«, was Fritjof schäumen mache. Und sie sei schuld … Dazu verdonnert, nun – unter Nicknames wie »Franka Frotta« oder »Gerti Geräkel« – dagegen anzuposten, ernte sie den ganzen Tag lang nichts als die Häme ihrer worldweiten Widersacher, was noch erträglich wäre, wenn nicht zugleich die Winterkollektion nach Zimt und Anis duftender Saunatücher bereits betextet werden müsste, und Fritjof Frantz nicht »dieses Mal Oden!« haben wollte, wie er im Visionärston verzückter Selbstbeneblung jüngst exklamierte. Keiner ihrer Entwürfe reichte bisher an seine Formvorstellung, die kaum Kriterien aufweist, nur sehr viel Inbrunst freisetzt in Fritjofs offenbar von einer Midlifecrisis geschüttelten Kreativenseele, mutmaßt Hermine und sinkt nach solcher – für ihre derzeitigen Verhältnisse geradezu überbordenden – Rede wieder schweigend in sich zusammen.

Zu Henris Ehrenrettung soll hier gesagt sein, dass er Hermine »das mit dem Wiesel« seit Wochen beichten möchte. Wegen ihres ohnehin schon schlechten Zustands brachte er es bisher nur noch nicht übers Herz. Und so geschieht es, dass Henri beginnt, vollends ein Doppelleben auszubilden. Als braver Jäger (und designierter Ehepartner) hat er »den Knall vernommen«. Als alter Abenteurer (und wilder Tierliebhaber) lässt er jeden weiteren Warnschuss verhallen, ohne ihn auch nur zu hören. Hermine tut ihrerseits so, als ob es so etwas wie das Wiesel in ihrer Wohnung niemals gegeben hätte. Aber sie sieht dabei zusehends schlechter aus. Je weniger sie und Henri darüber reden, desto beredter sind ihre Augenringe, der talgige Teint, die Kummerfalten … Ihr Anblick ist kaum noch auszuhalten. Und so erklärt sich auch die Erleichterung, die Henri empfindet, als Hermine ihn und das Wiesel endlich – »bei lodernder Glut«, wie es heißt – erwischt.

Henri liegt, als es passiert, am Boden, rücklings, er lächelt selig, während das Wiesel, ihm langsam, schnurrend, durch eins der Hosenbeine kriecht, bis hinauf ins Hemd. Am Kragen angekommen, »schlägt« es ihm, zärtlich knabbernd, die scharfen Zähne in den Hals nahe der Halsschlagader. Aber es beißt nicht zu. Henri würde, von Sexologen angesprochen, auf die Empfindung, die das in seinem Menschenkörper auslöst, wahrscheinlich schon erwidern, er sei erregt. Ein bisschen. Vier von zehn Punkten auf einer ankreuzbaren »Schwüle Gefühle«-Skala. Vielleicht auch fünf. Aber von einem Seitensprung zu sprechen, bei diesem Grenzwert des Es-als-Sex-Empfindens, wäre wohl übertrieben. Und auch Hermine scheint es, als sie – verschmäht von Fritjof, zu früh zu Hause, als dass das Wiesel, das zu vertieft ist in Henris Wäsche, rechtzeitig fliehen könnte – die Szene sieht, so einzuordnen. Denn statt des Dramas, das Henri für einen solchen Fall erwartet hätte, murmelt sie nur wehen Lächelns ein wie auch immer gemeintes »Der-mit-dem-Wiesel-wuselt« in seine Richtung und verlässt daraufhin den Raum.

Von da an bleibt das Wiesel, auch wenn Hermine da ist, in Henris Nähe. Es folgt ihm auf Schritt und Tritt. Kaum noch Momente, in denen es nicht gestreichelt werden möchte. Sie tollen zu zweit durch die Wohnung. Henri baut Höhlen, in denen sie stundenlang zweisam kauern. Sie sind sich gut. Schon hört man Stimmen, wie sie verlauten lassen, dass diese Story enden sollte, schon jetzt, schon hier. Kann sich doch Henri der »glücklichste Mann auf Erden« nennen. Ihm fehlt's an nichts. Ist ihm nach Leiblichkeiten, ludert er mit dem Wiesel. Und für den Fall, dass er einmal Sprechen möchte, was manchmal vorkommt, gibt es ja noch Hermine, die ihm trotz allem treu bleibt, trotz aller Widrigkeiten. Wie groß! Wie schön! So könnten, sagen besagte

Stimmen, die drei doch ein langes Leben leben – Henri bald Doktor, die beiden Anverlobten verbriefte Eheleute, das Wiesel Wiesel – selbdritt dahin. Vom Nicht-gestorben-Sein wäre die Rede und vom Noch-heute-Leben. Aber, wie's ja so oft den Lauf nimmt, zumal in Künstler-Prosa, so sie seriös ist, sprich: sich nicht dreinsalbadern lassen möchte von Happy-End-Liebhabern, soll es nicht sein. Die Dinge müssen hier, wie es ausschaut, leider noch eine letzte Wendung nehmen. Und zwar wie folgt. –

AM FRÜHEN ABEND eines erfüllten Tages – Henri hat lange geschrieben und konnte, die Linke im Fell des Wiesels, erheblich Land gewinnen auf dem Kontinent seiner Doktorarbeit – begibt er sich außer Haus. Er will Kaninchen holen. Das tut er immer einige Stunden vor Hermines Heimkehr, um noch die Zeit zu haben, die vielen Knöchel, Fetzen von Fellen und Innereien einzusammeln, jedwede Blutspur wegzuwischen und mit dem Duftzerstäuber den Ruch des Todes auszutilgen, bevor sie kommt. Einmal die Woche etwa kauft Henri dem Wiesel zwei, je nach Größe auch drei Kaninchen, Meerschweinchen, Hamster, oder was da sonst noch so kauert im nahen Zoogeschäft eines emeritierten Kleintierkundlers, Dr. Konstantin Kuniklidis heißt er. So bleibt's ihm wild.

Auf der Straße merkt Henri, dass er leicht fröstelt in seiner Weste und ist erstaunt. Ist es schon Herbst geworden? Er sieht sich um. Die Linden sind falb, fast farbig sind bereits ihre Blätter in ihrem schlappen Grünton, der Himmel trüb. Henri hört Krähen krächzend verkünden, dass das Hawaiihemdtragen und das Geschlürfe an Limonaden und das Geflappe der grellen Flipflops und das Herumgeliege auf weichen Wiesen bald schon vorbei sei. Endlich! Krah! Krah! Krah! Krah! Er spürt ein Zurren in seinem Brustraum. Der kühle Wind fährt ihm durch die Haare, die in der Gegend flattern. Den Hauch von Dörre riecht er, der in der Luft liegt, fern aus dem Norden kommend, und ihm wird kalt. Bevor die Blätter stieben, will er zurück zu Haus sein, bei seinem Wiesel, es ganz fest drücken, um es zu wärmen, und sich an ihm. »Die Wege dauern, man kann nie wissen, wie schnell die Zeit dahingeht …«, denkt Henri bibbernd und schreitet aus.

Auch Kuniklidis, der Henri, seinem wohl besten Kunden, herzlich die Hände schüttelt, normalerweise, bleibt heute kühl. Ganz wie die Wechselblüter hinter den Plexiglasfassaden ihrer Terrarien, die sich zu Türmen stapeln in seinem Laden, wirkt er erstarrt. Anstatt »Hallo« zu flöten, hält er die Arme verschränkt und wartet grimmig hinter dem Tresen, bis Henri vor ihm steht, den er nur förmlich grüßt. »Irgendetwas scheint er zu ahnen«, durchschießt es Henri, und er hat Recht. »Die vielen Tiere, nie Streu, nie Futter, das macht mich skeptisch …«, sagt Kuniklidis, als Henri mit fester Stimme um ein Kaninchen bittet. Herr Kuniklidis Daumen zeigt in die Richtung des an einem der Kanarienvogelkäfigen in seinem Rücken klebenden Schilds. *Verkaufe Tiere nicht zum Verfüttern!!!*, steht dort geschrieben. Es scheint ihm ernst.

Henri sagt: »Sieben Söhne und neunzehn Nichten und noch mal so viele Neffen und alle streichelwütig …« Herr Kuniklidis fragt nach den Lieblingsspeisen, Alter und Namen, sogar den Schulzensuren jedes der Kinder. Henri pariert. Auf die Situation bestens vorbereitet, liefert er alle gewünschten Fakten und würzt sie sogar noch mit Anekdoten, die er sich sorgsam dafür zurechtgelegt hat. Es sind Geschichten, die teils unglaublich wirken (im Fall von Hannas verfrühtem Hang zum Drachenfliegen, der sie, mit dem Equipment ausgerüstet, das sonst den Vater hochhievt, vom Dach des Hauses, in dem sie wohne, bis in die Schweiz verwehte vor ein paar Tagen), teils schlicht banal (im Fall von Smutjes, mit seinen sechs Jahren, erster selbständig durchgeführten Erhitzung einer mit Meeresfrüchten belegten Tiefkühlpizza). Einmal in Fahrt gekommen, beginnt Henri zu improvisieren. Immer darauf bedacht, nicht über das Ziel hinauszuschießen, erfindet er Freunde und Freundinnen, ja sogar Freunde von Freundinnen, Spleens, Begebenheiten, Physiognomien. Herr Kuniklidis staunt. Die schiere Neugier spricht jetzt aus seinen Zahnfühlfragen, die nun nicht mehr allein der Wahrheitsfindung dienen. Mit großen Augen und mit seinen wie aufgerichtet wirkenden, riesigen Ohren hört er sich alles an. Um möglichst unauffällig auf sein Kaninchenkaufanliegen zurückzukommen, geht Henri nur sehr allmählich wieder zur Tierthematik über. Er erzählt von Käfigen, die er zimmere, und dass die Späne, die dabei fielen, das beste Streu abgeben. Und dass er die Kinder allnachmittäglich Löwenzahnblätter rupfen schicke. Henri habe das so seine Prinzipien: Wer sich in einem Moment ein Haustier wünsche, müsse sich später auch darum kümmern. Herr Kuniklidis strahlt.

Als Henri zurück zu Haus ist, mit einer Schachtel, in der zwei Zwergkaninchen – eines gab's gratis – sich aneinanderschmiegen, zeigt die Uhr im Flur schon halb acht. Henri lässt sich auf Hink den Hocker sinken und sieht sich um. Es wundert ihn, dass er das Wiesel, das sonst immer, wenn er nach Hause kommt, gleich auf ihn zuschießt und ihn umtänzelt, nirgends erblickt. Hermines Highheels liegen dafür gekippt im Vorraumdämmer. Sie ist also schon zurück. Henri versteckt die Zwergkaninchenschachtel unter dem Schreibtisch in seinem Arbeitszimmer und hält dann weiter nach seinem Wiesel Ausschau: in Bad und Küche, im Schlaf-, im Anziehzimmer … Wo es nur heute bleibt? Im Ausruhzimmer sieht Henri Hermine schlaff auf der Schlafcouch liegen, mit wirren Haaren, die über den Rand des Polsters fließen. Einen Augenblick lang meinte er auch das Wiesel ihr auf der Brust sitzen zu sehen, um allerdings im nächsten Moment bereits zu erkennen: Es war nur das Füssliposter, auf das sein Blick fiel, als er hereinkam. So stark sein Wunsch, es aufzustöbern! Thanatös, wie Hermine daliegt, könnte man übrigens wirklich denken, sie versuche, Füsslis Motiv von der *Nachtmahr* nachzuahmen (und dass tatsächlich nur noch ein Aufhockwesen und eine Art Hengst-der-durchs-Fenster-hechelt fehlten, um die Kopie perfekt zu machen). Andererseits scheint es so überhaupt nicht, als ob ihr der Sinn nach dererlei feinsinnigen Späßen stünde. Sie wirkt vielmehr schlicht erschöpft. Geschröpft.

Henri setzt sich neben sie auf die Couch. Er bückt sich runter und wispert ihr zu: »Alles okay, Maus?« Hermine schweigt. »Ist Dir nicht wohl?«, sülzt Henri. »Etwas mit Fritjof, Häschen?« Aber Hermine, der, jetzt erst erkennt er's, Tränen über die Wangen rinnen, bleibt weiter stumm. Henri fragt sie, ob sie das Wiesel heute schon gesehen habe.

Da hebt Hermine, lethargisch langsam, die linke Hand. Henri sieht, dass davon Blut herabstürzt, seltsam verzögert, zu dicken Tropfen schwellend, die funkelnd fallen. Pling, Pling-Pling, Pling, Pling-Pling. »Ich bin verwundet, Henri. Es hat mich angegriffen«, sagt endlich Hermine mit einer Grabesstimme, die Henri durch Mark und Bein fährt, aus solcher Ferne kommt sie. »Ach jessas sowas«, erwidert er ganz erschrocken und sieht sich die Sache an. Tatsächlich. Drei parallele Kratzer, es scheint von Krallen, führen über den Handrücken bis hin zum Finger, an dem der Ring steckt, der die Verlobung kündet. Als hätte das Wiesel versucht, ihn abzustreifen, aber das ist natürlich Quatsch! Henri sagt: »Bleib hier liegen. Ich geh Verbandszeug holen. Ts, dieses Wiesel, also echt, nein, ich glaub's nicht! Ich werde wirklich sehr mit ihm schimpfen müssen …« Er geht ins Bad. Natürlich nicht, ohne weiterhin nach dem Wiesel auszuschauen. Wo kann es sein?

Als Henri nach einer wahrhaften Expedition zum Medizinschrank – die ihn durch alle Zimmer führte, bis unter Betten und hinter Kommoden – wieder im Ausruhzimmer ankommt, ist Hermine nicht mehr vor Ort. Der graue Teppich, wo ihre Hand ihn streifte, ist rot getränkt. Henri folgt Tropfentupfen, die aus dem Zimmer führen, quer durch den Flur, zur Wohnungstüre. Wie er erschrocken bemerkt, steht sie offen. Henri beeilt sich, sie zuzuziehen. Hermine spinnt!

Henri ist sehr in Sorge die nächsten Stunden. Einerseits um Hermine. Er stellt sich vor, wie sie durch die Stadt irrt, immer mehr Blut verlierend. Er sieht sie bleich und bleicher werden. Bis sie fast ganz verblasst. Die Leute, die sie um Hilfe bittet, können sie nicht erkennen. Ihre Stimme nur noch ein Wispern, das kein Gehör mehr findet. Sie ist verloren! Unsinn! Er übertreibt. Wahrscheinlich sitzt sie längst in der Notaufnahme eines der Krankenhäuser, und muss – zwischen auf Tischtennisballgröße angeschwollenen Augen, gestauchten Wirbelsäulen, geknickten Knöcheln, wummernden Wurmfortsätzen – lediglich darauf warten, dass irgendjemand sich ihres Kratzers annimmt. Es ist also nicht so schlimm. Das Wiesel hingegen ist nicht in halb so guten Händen. Immer noch hat es sich nirgends blicken lassen, seit Henri mit den verfluchten Zwergkaninchen heimkam, die weiterhin scheußlich unversehrt in ihrer Schachtel kauern. O hätte er doch das Wiesel niemals allein gelassen! Er sucht und sucht es. Aber er kann's nicht finden.

Schließlich hört er ein leises Ratschen, klackerndes Klirren aus einem der Kleiderschränke im Anziehzimmer, und sieht, als er die Türe aufschiebt, endlich das Wiesel wieder! Verkrallt in eins von Hermines Abendkleidern, die an der Stange hängen, klettert's dran auf- und abwärts wie eh und je. Henri ist so erleichtert. Es ist wohlauf! Henri nimmt es auf seinen Arm und streichelt es, küsst es und drückt es ganz fest an sich. »Mein liebstes Wiesel!«, ruft er. »Hörst du: Du darfst nicht kratzen, Kleines!« Und dicke Henritränen fallen ins Fell des Wiesels, weshalb Henri es nun ins Bad trägt, wo er es mit einem der vielen, von Hermine im Lauf der Jahre mit nach Hause gebrachten Frotteetücher vorsichtig trocken rubbelt und es behutsam föhnt.

Was dann kommt, ist wieselwilder als alles, was Henri bisher erleben durfte. Drunter und drüber geht es, durch alle Zimmer. Sie treiben's bunt. Der Boden schrägt sich zu Übereinander-her-Gefällen. Sie rollen, rollen, fast freien Falls … Henri ist überglücklich. Nur dass Hermine noch nicht zurück ist, setzt ihm, während der kurzen Besinnungspausen, die ihm das Wiesel lässt, manchmal ein bisschen zu. Weder am Abend des Tages, an dem sie fortging, hat sie sich blicken lassen, beschwipst und singsangduslig, noch tags darauf im Morgengrauen, aschfahl hereingespensternd, noch in den Folgetagen, die sich zu Wochen bündeln. Sie ist verschollen. Henri versucht, sie, immer mal wieder, anzurufen, aber sie geht nicht ran. Jedes Mal, wenn er auflegt, verfällt er in eine Art Gram- oder Grübelstimmung. Er sieht Hermine vor sich, wie sie mit wüst zerrauften, fettigen Haaren und mit kajalverschmierten, eingefallenen Wangen wirr durch die Gegend geistert und ihn verflucht. Ihn und das Wiesel, die sie vertrieben haben, aus *ihrer* Wohnung, wie sich's ihr sicher darstellt, denkt er dann immer. Sie tut ihm leid. Aber da kommt auch schon stets das Wiesel angeschossen und stupst ihn energisch an, weil es sich amüsieren möchte. Henri lässt sich nie lange bitten, und schnell – ja, schneller war nie ein Leid vergessen – verfliegt sein Gram.

SO LEBEN SIE FROH vor sich hin, die beiden, unter der Stuckatur des Himmels, der sie beschirmt. Niemals, wie es bei Menschenpaaren manchmal der Fall ist, haben sie das Gefühl, »zu dicht aufeinanderzuhocken« in ihrer Altbauwohnung. – Obwohl sie genau das tun: aufeinanderhocken. Sie kuscheln, spielen Kratz-, Beiß- und Streichelspiele, schmusen herum. Erst wild, dann wilder tollen sie durch die Zimmersteppe. Sie sind im Freien. Henri unterlässt es bald endgültig, hinaus vor die Tür zu treten. Draußen fällt schwerer Regen, von Bäumen stürzt trudelnd das Laub, der Nordwind wütet. Wozu sich groß einen Schnupfen holen, wenn sie hier zu zweit jederzeit Raum um Raum umkrempeln können? Und was das Fressen angeht, sind sie rundum versorgt. Packt sie der Hunger, brauchen sie nur eines der Zwergkaninchen fangen, die hier zu hunderten durch die Gegend hoppeln, allesamt Abkömmlinge der am Tag von Hermines Fortgang von Herrn Kuniklidis mitgebrachten zwei Exemplare, die ihrerseits nicht zu verhungern brauchen. Aus dem gedüngten Boden sprießen diverse Gräser, außerdem Löwenzahn, Wegerich, Klee und Sauerampfer. Sie haben gut was zu kauen. Das Wiesel vertilgt sie roh und ihr Blut verspritzend; Henri spießt sie auf ein per Stahldraht an seinem Besen festgezwirntes, rostfreies Küchenmesser und lässt sie über der Glut des Lagerfeuers brutzeln, das er aus Knäueln von Bücherseiten und Mobiliarfragmenten täglich entfacht.

Und Henris Doktorarbeit? Solang's noch Strom gibt, schreibt Henri zwar daran weiter, doch der versiegt. Weil niemand mehr für die Rechnung aufkommt, wurde er einfach abgeschaltet, wohl von der Hausverwaltung, und auch den Akku alle paar Tage an einer der Bibliothekssteckdosen aufzuladen, wird ihm schon bald zu dumm. Die langen U-Bahn-Fahrten, das bibliophile Rumgeschmöker in den zig Büchern – und hießen sie *Walden* oder *Die Pflicht zum Ungehorsam* – kann er sich sparen. Die ewige Emsigkeit der Studenten, die Gier des Blätterns, das Fremd-um-Fremdwortdrechseln und Formulierungsschleifen, um groß herauszukommen: Sie sind passé. Ja, Henri pfeift jetzt auf seinen Doktortitel, das Renommiergehabe, das Zitationsgeprotze. Ihm reicht sein Sein. Was übrigens nichts daran ändert, das manche der Zeilen, die er einmal gelesen hat, ihm gelegentlich noch durchs Gedächtnis zucken. *Hast du dir etwas darauf eingebildet, den Sinn von Gedichten zu verstehen?*, durchdonnert's dann etwa Henri mit Whitmans Stimme, die der des Herrgotts ähnelt, und Henri versteht ohne Skrupel, was ihm der Dichter sagen möchte: Vorbei die Tage, und Nächte, da er *schwitzend, im Nebel, mit Sprachgelehrten* stritt, geifernd ums Rechtbehalten. Er ist nun frei.

Manchmal kann Henri im Hausflur Stimmen hören, langes Geklingel, brachiales Faustgehämmer an seiner Wohnungstüre. Die Polizei? Die Hausverwaltung? Er macht nicht auf. Sollen sie ihm doch die Hütte sprengen, wie Albert Johnson damals. Wär doch gelacht, wenn die ihn zu fassen kriegten, ihn und sein Wiesel. Sie werden sehen. Henri wird kämpfen. Es wird Verletzte geben. Erschossene Sheriffs. Weinende Witwen. Henris Schuld wird's nicht sein! Und sollte zum Schluss die Festung fallen, werden die beiden fliehen. Durch ein Loch in der Wand werden sie entwischen. Ohne sich umzublicken, werden sie gehen. Durch den abgasschwarzen, klumpigen Schneematsch hinaus aufs Land, ins Winterweiße. Fort über Felder, vorbei an Weilern werden sie bis nach Alaska stapfen, wo sie im Frühjahr Bären jagen werden, waschechte Bären. Oder im Fluss nach Nuggets schürfen. Oder Kaninchen züchten. Kurzum: ihr Glück versuchen. Er und sein Wiesel. Der Tag wird kommen!

DAS KIND

»Am Ende werden das Land und das Wasser eins sein. Und jener Himmel wird diese Erde schlucken. Und jedes Ende wird allem Anfang gleichen«, erzählt der Lehrer. Aus einem Ghettoblaster, der auf dem Pult steht, säuseln die Streicher eines Orchesters. Die Schüler lauschen. Kein Mucks aus Mündern, kein Durch-die-Luft-Gesurre kleiner Papiergeschosse, auch nicht das Dudeln dementer Gameboys erfüllt das Klassenzimmer. Selbst aus der Ecke hinten wäre, wenn dort das Kind nicht säße – und mit dem Federhalter kritzelnde Kratzgeräusche auf einem Zettel machte –, kein Ton zu hören. Aber das Kind, es sitzt dort, nahe beim Fenster, an seiner Einkaufsliste für nach der Schule.

Als das Kind seinen Ranzen packte, stopfte es auch die Jutetasche zu seinen Sachen und steckte Geld ein. Es ließ die zwei letzten Würste in eine Pfanne gleiten, zu etwas Rapsöl. Sobald sie fertig waren, schön braun und knusprig, mit schwarzen Zwiebelringen, schellte die Klingel. Es war die Nachbarin, wie immer ungekämmt und noch im Nachthemd, die das Kind, nachdem es die Tür geöffnet hatte, anschrie. Ob es noch ganz bei Trost sei. Schon jetzt zu braten. Um fünf Uhr morgens!

Das Kind schreibt *Würste* auf seinen Zettel. Das Kind schreibt *Tabak* (diesen in Klammern, es will nicht mehr so viel rauchen, hat es sich neulich vorgenommen). Das Kind schreibt *Rapsöl.* Das Kind hält inne. Es fragt sich, was es ansonsten für sich noch brauchen könnte. Es sieht nach draußen. Trockene Blätter wirbeln über den grauen Schulhof. Ein starker Wind weht. Das Kind denkt an seinen Drachen. Er will nicht fliegen. Dabei hat das Kind sich an nahezu jedes Wort gehalten, das in dem Bastelbuch stand! Die Sache ärgert. Das Kind setzt *Leisten* auf seine Einkaufsliste. Da kommt der Lehrer.

Das Kind knüllt geschwind das Blatt zusammen und steckt es in seine Hosentasche. Es will die Liste nicht nochmal schreiben müssen. Der Lehrer aber sagt zart und deutlich: »Gib mir den Zettel.« Das Kind gehorcht. Der Lehrer zerreißt die Einkaufsliste fast zärtlich langsam und lässt sie in den Papierkorb rieseln, der nah beim Waschbecken neben der bunt beposterten, grauen Tür steht. Er lässt die Finger flattern, legt dabei den Kopf in den Nacken und schließt die Augen, um sich dem Kind dann mit einer raschen Drehung aufs Neue zuzuwenden. »Zu deinem Besten«, sagt er. Das Kind ist wütend.

Auf dem Pausenhof spielen die Kinder das Spiel »Die Flut kommt!«. Von einer großen Welle lassen sie sich zur Mauer reißen. Sie klatschen mit ihren Händen gegen die Mauer, dann folgt der Richtungswechsel. Dabei machen sie Geräusche, die wie das Wasserrauschen klingen sollen, und mimen Hilfeschreie, während sie, wild sich drehend und mit den Armen rudernd, in Richtung Schulhaus treiben. Eine Weile lang spielt das Kind mit. Bis es ihm bald zu blöd wird. Es zieht den Gameboy aus seiner Jackentasche, setzt sich auf eine der längs der Mauer aufgereihten hölzernen

Bänke, in deren Planken Wörter eingeritzt sind (wie *Wim liebt Wanda*), und zockt »Gozilla«.

Nach der Pause haben die Kinder Handarbeit-Werken. Sie müssen Mützen machen. Dem stumpfen Klirren strickender Nadeln und leisen Flüchen, weil ständig Maschen fallen, folgt eine Mathestunde. Dann dröhnt der Schlussgong.

Das Kind geht beschwingt zum Laden. Der Wind greift ihm in die Jacke. Ein bisschen, meint es, hebt er es fast in die Höhe. Vielleicht ist das auch nur Unsinn. Jedenfalls wird es vorangeblasen und seine Haare flattern. Beim Laden holt es die grüne Jutetasche aus seinem Ranzen, die mit dem Baum drauf. Man sieht die Wurzeln.

Im Schein der Metzgertheke entdeckt das Kind das Ferkel, das nur elf Euro kostet. Es fragt die Frau in der grauen Schürze, mit Flecken Rots drauf, wie dieser Preis zustande komme. Das Kind verhört sie. »Ist es gesund gewesen?«, fragt es. Es fragt: »Was fraß es? Nur Pampf aus Kübeln oder auch Kraut und Sauerampfer, Äpfel und Rüben?« Es prüft sie auf Herz und Nieren. Dann sagt es: »Einmal das Ferkel!« zur Frau im Grauschurz. Die Frau sagt: »›Bitte‹ heißt das!« Das Kind sagt: »Bitte«, bugsiert das Ferkel auf seine Schulter und trägt's zur Kasse.

Das Ferkel piepst leis, als die Kassiererin es nach dem Glas Blaukraut und der Packung Pulver für Rohe Klöße, die das Kind mit aufs Fließband legte, über den roten Sensor wuchtet. »Macht dreizehn vierzehn.«, sagt sie. Das Kind gibt ihr einen Zehner und zwei Zwei-Euro-Münzen. Die Kassiererin klirrt mit dem Restgeld, aber das Kind sagt: »Stimmt so.« Es schiebt das Blaukraut und die Rohen Klöße in seinen Jutebeutel, schultert das Ferkel und geht nach draußen. Der Wind hat ein wenig nachgelassen. Das Kind trägt das Ferkel mal auf der linken, mal auf der rechten Schulter und pfeift dabei »Im ächten Manne ...« von Wolfgang Rihm im Wechsel mit »Hurricane« von Rihanna (featuring Rupee), nebst ein paar anderen Liedern, die es zuletzt im Radio hörte. So hüpft es heim.

Zu Hause kommt erst das Ferkel in einen Bräter, dann in den Ofen. Das Kind versieht es mit ein paar Zwiebeln, Öl, einem Schuss Weißweinessig und ein paar Kräutern. Wie es es ansieht durchs Glas des Deckels. Die Augen funkeln. Die Arme des Kindes zittern, als es den schweren Bräter ins heiße Rohr hievt. Im Kochbuch steht was von Stunden, die so ein Braten brauchen könne. Das Kind geht spielen.

Das Kind spielt Schlagzeug, mit einem Kochlöffel auf drei Töpfen und einem Deckel, der an einer langen mit starkem Tesa fixierten Schnur von der Decke baumelt. Das Kind spielt Fangen. Immer beinah nur gelingt es ihm, sich zu erwischen. Das Kind blättert herum in Büchern, in denen Sätze wie: »Die ewige Wiederkunft ist das selbe des Differenten« stehen. Das Kind spielt Käfer.

Danach macht es seine Hausaufgaben. Es schreibt den Aufsatz. Es schreibt: *Das Ferkel // Bei mir gibt es heute Ferkel. Mit Blaukraut gibt es das Ferkel. Mit rohen Klößen. Es schwitzt im Ofen.* Das Kind weiß nicht recht, wie weiterschreiben. Es überlegt kurz. Nach einer Weile reißt es die

Seite aus seinem Deutschheft, knüllt sie zusammen. Es schreibt: *Der Drache // Ich werde mir einen Drachen bauen. Und er wird fliegen!!! Ich hoffe nur eins: Er reißt nicht. Im Radio heißt es, dass bald ein Sturm kommt.*

Das Kind isst Ferkel. Es führt sich Fleisch zu. Es spießt und säbelt. Das Blaukraut, die Rohen Klöße, die nicht sehr rund sind und etwas matschig, hat es sich dazu zubereitet. Es schmeckt vorzüglich. Danach hat es Lust zu rauchen. Das Kind nimmt den Schlüssel und ein paar Münzen von der Kommode und läuft zum Kiosk.

Dem Mann im Kiosk ist seine Frau davongelaufen. Immer ist es dasselbe. Er berichtet dem Kind, mit wem, wann, wohin … »Warum nur?!«, fragt er das Kind. Es weiß nicht, möchte nur wissen, ob es noch Schwarzen Krauser gebe. Der Mann greift nach einer Packung in seinem Rücken und wirft sie vor sich hin auf den Tresen, auf die Sudoku-Hefte. Das Kind sagt: »Stimmt so«, und gibt dem Mann die Kommodenmünzen, die er in die Kasse fallen lässt, ohne sie groß zu zählen. Das Kind entspannt sich. Ihm fällt ein Stein vom Herzen. Es rennt nach Hause. Erst in der Wohnung fällt ihm ein, dass ja auch seine Streichholzpackung leer war! Es geht hausieren.

Es klopft an Türen, bumpert, ruft, kratzt, pocht, klingelt. Zuerst bei *Helmholtz* schräg gegenüber. Niemand zu Hause. Auch an den anderen Türen des hohen Treppenhauses bleibt es erfolglos. Schon will es wieder in seine Wohnung gehen. Da hört es Schritte, den Krach der Eingangstüre, die im Parterre ins Schloss fällt. Mit einer Einkaufstüte, aus der eine Stange Lauch stakt, steigt jemand Stufen, bis in das Stockwerk, in dem das Kind postiert ist. Es ist die Nachbarin, die immer klingelt morgens. Das Kind fragt höflich, ob sie vielleicht wohl Feuer hätte. Die Frau wird wütend. »In Kindermündern fließt Milch und Honig! Da poppt das Popcorn und brizzelt Brause! Aus Kindermündern, steigt doch kein Rauch auf und soll nicht Asche rieseln!«, schreit sie und lässt die Türe knallen. Das Kind läuft in seine Wohnung. Es legt sich auf einen Teppich, um dort zu heulen. Gut zwei, drei Stunden.

Danach macht das Kind den Abwasch. Es lässt viel Spüli und heißes Wasser ins volle Becken laufen. Es schrubbt und scheuert. Bis alle Teller wieder im alten Glanz erstrahlen, im Schrank sich stapelnd, und aus der Besteckschublade erneut das vertraute Rasseln Laut gibt, wenn man sie auf- und zuzieht, ist's später Abend.

Das Kind darf Fernsehn! »Recht schönen Abend. Mancherorts steigt schon das Wasser aus allen Flüssen in alle Städte, steigt immer weiter. Die Menschen fliehen. Auf Dächern sind sie, man kann sie in Booten sitzen sehen. Alles geht unter. Häuser und Schafe, Felder und Straßen und die Sirenen heulen. Und nun zur nächsten Nachricht«, sagt der Nachrichtensprecher. Die Bilder wechseln. Richter in Roben, singende Sänger, erboste Bauern. Ein Film zeigt Kinder, die auf der Spielzeugmesse treuere Teddys testen, als es sie je gab. Kinder als Cyborgs, die vor Konsolen kauern. Kinder in Kettcars. Das Wetter verspricht die Rückkehr des milden Klimas ins Grau der Tage. Aber erst übermorgen. Davor orkanböt's.

In der Nacht träumt das Kind, es fliege. Zuerst macht es eine Schwimmbewegung, von der es abhebt und schwimmt dann weiter. Bis ganz zum Schulhaus schwebt es, umkreist das Dach, das so seltsam leuchtet, und fliegt nach Hause. Als um halb fünf sein Wecker klingelt, fühlt's sich noch in der Schwebe. Es kocht sich Schwarztee. Es isst etwas von dem Ferkel und geht zur Schule.

»Du kommst ja doch noch! Sowas. Und ich dachte, es hätte dich vielleicht fortgeblasen«, witzelt der Lehrer, als sich das Kind, mit Haaren, sie sind verwuschelt, still in den Raum stiehlt. »Ich war schon traurig.« Und dann erzählt er der Klasse im Klang des Ghettoblasters vom großen Schiffbruch. Die Arche Noah sei niemals angekommen, sagt er. »Alles Chimären: Eure Geschwister und Bestefreunde, Tantenundonkels, selbst eure Kuscheltiere. Nichts hier ist wirklich.«

»Es gibt keine leichten Leisten mehr«, sagt nach der Schule die Frau im Bastelladen, »alle verkauft, Kind.« Das Kind fragt: »Was soll ich machen?! Ich will den Drachen basteln! Mir fehlen Leisten! Die, die ich habe, sind viel zu klobig!« Ihm kommen Tränen. Bevor's noch losheult, holt die Frau ihren Bruder aus einer Hinterkammer, und der erklärt ihm: »Die leichten Leisten sind nicht mehr käuflich. Du musst den Drachen ein wenig größer bauen, mit großer Fläche, und er wird fliegen.« Er holt drei Bögen des Transparentpapieres aus dem Behälter in seinem Rücken und gibt ihm zwei grobe Leisten. Dann malt er dem Kind den Plan auf, mit allen Maßen für einen großen Drachen. So wird es klappen!

Zu Mittag gibt's wieder Ferkel und ein paar Blaukrautreste, den Matsch der Knödel. Danach holt das Kind den Werkzeugkasten aus seiner Kellereinheit und baut den Drachen. Es misst die Leisten, markiert jeweils eine Stelle mit einem Bleistift und lässt die Säge ratschen. Ein Rinnsal Späne beschneit den Teppichboden. Das Kind kreuzt Leistenteile, trägt etwas Leim auf und lässt den Tacker sprechen. Danach bohrt es mit der Bohrmaschine vier kleine Löcher. Es holt Paketschnur, die es durch alle Löcher fädelt. Es zieht die Schnur straff und knüpft den Knoten. Den Drachenrahmen bezieht das Kind nun mit den Transparentpapieren, die es schon aneinanderklebte. Jetzt muss es bloß noch die Spule vom anderen Drachen ab- und an den neuen anmontieren, dann ist er fertig.

Nur leicht ein Wind weht, als das Kind tags drauf losfährt. Es lenkt den Roller, der silbern funkelt, durch lichte Straßen. Den Drachen hält es am Kreuz der Leisten. Die Luft ist lauer als in den letzten Tagen. Es fährt zum Schuttberg, so heißt der Hügel, von dem die Drachen starten. Ein Mann mit Schnurrbart, der ein Jackett trägt, das grau meliert ist, steht auf der Rasenfläche. Er hat ein Flugzeug. Vergeblich müht er sich, es zu starten. Er flucht: »Du Drecksjet! Jetzt funktionier doch!« Das Kind sagt Hallo.

Es legt den Drachen an eine Stelle und setzt sich nieder. Es holt einen wahrhaften Kolben von einer Zigarette aus seiner Jackentasche. Es gibt sich Feuer. Das Kind raucht Ringe. Der Wind zerbläst sie. Alle Welt tanzt und dreht sich. Danach schnipst das Kind den Stummel in Richtung Wiesenmitte und greift zum Drachen. Hurra! Er fliegt jetzt!

Das Kind sieht den Drachen höher steigen und spürt ihn zerren an seiner Nylonleine. Es hört ihn surren. Nach einer Weile schon steht er oben. So fern. Er leuchtet. Es tut sich Raum auf. Wie wenn am Drachen nochmal ein Drache hinge und an dem dann wieder ein nochmal neuer Drache, bis tief ins Weltall. Das Kind knüpft sich die Nylonschnur in eine Gürtelschlaufe und legt sich ins Gras. Es kitzelt, so kühl, im Nacken. »Am Ende wird jener Himmel hier diese Erde schlucken«, denkt sich das Kind und lächelt.

Zurück zu Hause schließt das Kind seine Tür auf und geht ins Zimmer. Es legt den Drachen ab, auf dem Schreibtisch. Er hat gehalten. Das Kind kann den Werkzeugkasten zurück nach unten bringen. Gesagt, erledigt. Das Kind holt sich nun ein Messer und eine Gabel aus der Besteckschublade und einen Teller aus dem Geschirrschrank, und dann den Bräter. Noch gibt es Ferkel!

DER LEHRLING

DIE HÄNDE WIE HENDL knusprig. Vom Brüten der Sonne. Vom Schuften darunter. Auf Dächern Schwabens. Der Bauch nicht mit Bier befüllt aus der Brotzeit. Dem Brustfleisch der Pute, der filetierten, im Wrap, nicht. Und nicht mit Butterbrezeln und Cappuccino. Im Bauch aktuell ein Knurren, in dem ein Knarren nachhallt, das einem Ächzen ähnelt. Wohl dem des Dachstuhls, durch den der Wind weht. Wenn mal der Wind weht. Er tut es selten. Und wenn er's tut, tut er's böenweise und bös, umherbaldowernd, ob alles auch gut gebaut sei. Der Bizeps ein Balken vom Balkentragen, vom Führen der Fäustel, vom Schlagen der Nägel, hinein in Gebälktes wie First und Sparre. Das Gehirn die durchwühlte Gitterbox auf der Ladefläche des klapprigen Kleintransporters. Darin die Sägen, verbeulte Schlagbandrollen und Fix und Fuchur, die beiden Bunsenbrenner. Im Ohr ihr Feuer, obwohl man schon fast zu Haus ist. Die Augen zwei Nivelliergeräte, durch die man schiefsieht. An Zehen Nägel. Der Leib allemal ein Lehrling im Cord der Hosen.

Gegenwärtig bugsiert die U-Bahn ihn durch ihr Tunneldunkel. Er sieht nach draußen. »Wie Billardkugeln prallen die Augenbälle allaufeinander, die über Spiegelbanden schießen, mit viel Effet. Blaue und grüne, volle und halbe, sieht man auf Kollision zusteuern. Das sind schon Freizeitblicke, die hier so lautlos klackern. Man zwinkert sich zu.

Man lächelt. Fort sind die Dollarzeichen aus den Pupillen der Bankangestellten, fort ist die Druckerschwärze von den Fingerkuppen der Redakteure. Alles hält fast schon Feierstunde in dieser Frühe eines erahnten Abends. Nur nicht der U-Bahnführer in seiner vom Knöpfeleuchten durchglühten Glaskabine. Man spürt ihn einnicken und wieder aufschrecken im Takt der Haltestellen«, durchdenkt's den Lehrling.

Er denkt an Maren. Ob sie ihm was gekocht hat? Klumpen vom Rind, mit Bohnen, Spaghetti Allarrabiata oder auch nur Ravioli, die sie aus einer Dose holte und in den Topf warf? Oder liegt sie auf dem Balkon rum, den Stapel Bücher am Kopfende ihrer Luftmatratze? Er sieht sie vor sich. Sie trägt die Sonnenbrille, die er ihr mal gekauft hat. Bei Finis Terrae war das, an einem Kiosk, im letzten Urlaub, der lange her ist. Sie trägt Bikini. Ihr liegt ein Arm im Nacken. Der Kopf beiseite, als ob sie döse. Eine Pipeline ineinandergesteckter Halme führt geradewegs aus ihrem Mund zum Eistee. Maren ist schon ganz braun vom Büffeln für ihre Prüfung.

Seit knapp zwei Stunden fährt jetzt der Lehrling, mit allen Wartezeiten auf Bus, S-, U-, U- und U-Bahn. Viermal ist er schon umgestiegen. Einmal ins falsche Fahrzeug. Mit einem Auto, zu dem ja der Schlüssel passen muss, damit man hineinkommt, wäre ihm das erspart geblieben. Er könnte sich auch eins leisten, denkt er. Aber: Für die Kopierkosten und die Spindmiete und die verbockten Buchrückgaben, für die er aufkommt, geht der größte Teil seines Lohns drauf. Referatsbesprechungen – Cappuccini, Semesterbeginn – Gebühren. Und feiern sie die Klausuren, die sie gemeistert haben, im Kreis des Kreises, dem Maren angehört, oder vorsitzt, heißt es, den teuren Sekt bezahlen, mit dem sie sich dann besaufen. Er denkt jetzt an die Kollegen mit ihren Fords und Fiats und ihren Frauen, die ihnen ganze Schweine brutzeln und dazu Knödel kochen. Und er fährt U-Bahn! Dafür haben die nicht Maren. Maren, die den Magister macht bald. Er fährt in Frieden.

Der Lehrling schlummert. Die Augen zugekniffen. Er sieht zermürbt aus. Die Arbeit mit Janez heute hat ihn wohl so sehr mitgenommen. Ständig hat der geschrien, er brauche Ziegel. So ist es immer. Was Janez auch immer haben möchte: sei es das Messer oder das Maßband oder die Munition für den großen Tacker oder die Wasserwaage oder auch nur sein Wurstbrot – immerzu schickt er ihn hinunter und sagt nie Bitte. Er bellt Befehle, die schwer verständlich bleiben, weil er nur leidlich Deutsch spricht, durch seine Zahnrelikte ins Heul'n des Bohrers, ins Fix-und-Fuchur-Fauchen, ins Hall'n der Hämmer. Er zerrt an Blechen und reißt an Kabeln und wirft mit teerschweren Styroporbruchstücken und mit den stumpfen Sägen um sich, mit denen er sie herausschnitt. »Der musste sicher wieder den ganzen Schnaps verbrennen, den er gesoffen hat bis ins Morgengrauen«, dachte der Lehrling, bevor er weg war. »Denn nachts trinkt er die Slivovka, die er erhält, postalisch, und tagsüber kaut er Kaffeebohnen, die er zu Dutzenden aus seiner Hosentasche hervorholt und sich in den bewegten Mund wirft. Drumrum die Stoppeln. Und niemals schläft er. Daher der Wahnsinn.«

Als die Durchsage die Station ankündigt, bei der er rausmuss, schreckt er auf, steigt er aus, schlurft zur Rolltreppe, fährt nach oben. Die eisenstufige Transporteurin so vieler Leute, die aus dem Schacht hoch wollen, braucht wieder ewig. Rumpelnde Retardiereffekte halten ihn in der Schwebe, als wollte irgendwer oder irgendetwas nicht, dass er je oben ankommt. Es ist ereignishemmend und ziemlich seltsam, wie da mal kurz das Walten aussetzt. Doch dann geschieht was. Man hört die Kinder auf ihren Rollern, Skateboards, Einrädern, Sommerlanglaufskiern über die hautaufschürferische Härte des kleinen Platzes jagen. Hört die Gelächtersalven, Knallteufelexplosionen und das Aufklatschen ihrer Wasserbomben lauter und lauter werden. Und auch der Himmel, der hellblau leuchtet und den nicht Wölkchen trüben, kommt ruckelnd näher.

Der Lehrling schlendert. So, wie man schlendert. Er lässt den Rucksack von seiner rechten Schulter baumeln. Das sieht, zusammen mit seiner Schlüsselkette, die ihm, er sieht's in Schaufenstern, die ihn spiegeln, von einer der Gürtelschlaufen in die Hosentasche führt in recht weitem Bogen, geil aus. Nicht wie ein Spießer. Er trägt auch Schuhe, die innen stahlbesetzt sind, ein schwarzes Käppi und eine Schafsfellweste über dem grauen T-Shirt. Soviel der Selbstbespiegelung. Denn er ist angekommen vor der matt in der Feierabendsonne leuchtenden Tür des Hauses, in dem er wohnt.

AUF DEM KLINGELSCHILD neben der Eingangstüre steht *Murr & Maren*. Maren hat das beim Einzug in ein Messingplättchen gravieren lassen und hieß es ihn dann dort hinmontieren. Maren nennt ihn auch heute noch Murr. Den Kater. Das ist was aus ihrem Studium, und weil er abends, wenn er müde heimkomme, manchmal murre, sagt sie (zum Beispiel wenn sie sein Steak nicht genügend durchbrät (wenn sie ihm denn eins durchbrät, was lang schon nicht mehr der Fall war)), und weil er, anders als all die andern Männer, nicht heulend aufjaule, sondern nur leise schnurre, wenn sie sich ihre Treue zeigten. Und weil sie Katzen liebe. Er sei ihr zugelaufen, sagt sie, ihm durch die Haare streichend, er könne bleiben.

Der Lehrling lächelt. Er schließt die Tür auf und steigt nach oben. Wie einem Roboter, dem der Strom fehlt, hievt's ihm die Stiefel auf die je nächste Stufe, die knarrend aufknurrt, so dass er anhält, wie um zu lauschen, jedoch wohl eher um sich kurz auszuruhen. Dann steigt er weiter. Es dauert lange, bis er mit seinen vom Leitererklettern und Hinundherbalancieren so schweren Füßen, dass er sie kaum mehr heben möchte, im dritten Stockwerk angelangt ist. So langsam wie er vorankommt, so schnell sein Atem.

Endlich. Der Lehrling ruft sein »Bin da jetzt!« ins Ohr der Wohnung, in der es still bleibt. Maren liegt sicher auf dem Balkon rum. Sicherlich hat sie auch deshalb und weil sie ihr Handy nicht dorthin mitnahm, auf seine SMS vorhin nichts erwidert. Weil sie vertieft ist. In ihre Bücher. Weder sind Schritte hörbar vom Herd zum Kühlschrank, noch dass da Teller klirrten oder die Abzugshaube schnaubte und es nach Knoblauch röche. Kein Radio dudelt und keine Nudeln klappern, die in den Topf geworfen würden, in das Gesprudel. Stattdessen erlauscht der Lehrling jetzt aber ein ihm auf Anhieb widerliches Wispern und Piepsen, das aus der Küche herstammt. Und sieht die Schuhe.

Die beiden Edelsneaker, die beigebraun funkeln im Flur, im Zwielicht, sind die Vertretertreter von Henning Mäusel. Man merkt den polierten Dingern schon sein Gesicht an. Der Lehrling sieht ihn schon vor sich, im Schein der Küchenlampe sitzend und glänzend: mit Arp und Äsop und Apuleus oder was ihm sonst so präsent ist an Literalem. Die zarten Senkel machen an seinen Schnurrbart denken, ihr paralleles Dastehn im Lot zur Schwelle an die – um die Berührungsfläche zu maximieren, krampfhaft geradegestellten – Schenkel im Schutz und Schatten des schmalen Küchentisches, an dem sie sitzen, Maren und Mäusel, in eins der Bücher starrend, die sie sich vor die, fast aneinander angelehnten, glutroten Köpfe halten! Sie nennen's Lernen.

»Ich bin zu Hause!«, brüllt, stampft, faucht, keucht der Lehrling, doch nichts bewegt sich, außer dem Lehrling selbst. Mit zwei, drei Sätzen erreicht er die Küchentüre, die einen Spalt weit aufsteht. Er sieht die Käsewürfel, die sich auf einem Teller häufen, dazwischen Walnusshälften und pralle Trauben. Die Spieße, die in den Würfeln stecken, bilden ein buntes Wäldchen, in dem die Hände wandeln und sich begegnen können. Der Lehrling erkennt Hennings Finger, die sich um den Stiel eines der Gläser fädeln, in denen der Rotwein schimmert, schwappt, weil das Glas geschwenkt wird, dann aus dem Blick verschwindet, wieder erscheint. Kurz weicht das Piepsen gekauter Käsestille. Dann folgt ein Räuspern und die erneute Rezitation einer der Beispielstellen für gute Prosa, die tausendfach Hennings Gehirn bestücken. Er singt und säuselt.

Der Lehrling stößt nun die Tür auf, sagt Guten Abend. »Murrchen! Du bist's ja wirklich!«, erschreckt sich Maren und zieht ihr Knie ran, den braunen Oberschenkel, der tatsächlich fast schon auflag auf Hennings Hosenlinnen, ganz wie geweissagt. Die Wangen glühen, die Augen flackern komisch. Sie wirkt verwirrt. »Wie war die Arbeit?«, fragt sie. Henning sitzt dürr daneben in seinem Kragenpulli und kontempliert den Käsehügel, den Hain der Spieße, als wär er Landschaftsmaler. Die Arme hält er verschränkt. Er wagt nicht, den Lehrling anzusehen. Statt einer prompten Antwort auf Marens Frage geht der jetzt in Richtung Kühlschrank und zieht ihn auf. Er war im Laden. Ist ihm ja klar gewesen, dass er sich etwas kaufen müsste, würde er etwas essen wollen. In einer Schüssel, die kaum noch Platz lässt für seine Würstchenpackung und seine Colaflasche, sieht er die Panna cotta wabbeln, wie das Gewebe einer lasziven Donna, die sich mit Himbeersauce beträufelte, damit der Geliebte etwas zu lecken habe. Sie füttert ihn mit der Physalis, die sie sich hinterm Ohr hervorholt. Den Lehrling schüttelt's. »Es ist nur Sahne mit Gelatine und mit Vanilleschoten und nicht viel Arbeit …«, denkt er beinah erleichtert und fühlt nichtsdestotrotz seine Adern schwellen. Ja, ja. *Ihm* kocht sie … Er wartet, bis es in seinem Innern nicht mehr so geifernd sprudelt, schließt ohne viel Lärm den Kühlschrank und sagt dann – er sagt's ganz ruhig, im Ton des Tändelns sagt er's: »Gut gut, hier mäuselt's …«

DER LEHRLING DUSCHT SICH. Brühheißes Wasser stürzt auf ihn nieder. Der Ausguss röchelt, schluckt Schweiß und Holzstaub. Es bilden sich Dampf und Strudel. Man hört es tosen. Wenn sich Studenten waschen, dann sieht das so aus: Sie lassen Duschgel, nur ein paar Tropfen, in ihre Hände träufeln und betätscheln dann die drei Zottelzonen an ihren Schlackerleibern im temperierten Duschstrahl, der dünn ins Becken plätschert. Nicht so die Faustarbeiter, die einen Brocken Seife zwischen den Hornhautpranken so hart verreiben, dass daraus eine Wolke Schaum steigt, in die sie steigen. Wenn sie daraus hervortreten nach einer Viertelstunde, die den Äonen gleichkommt, bevor die Welt sich wölbte, strahlen sie wie ein Mensch zuvor niemals blitzte, der je geboren wurde. Der Lehrling – er steht vorm Spiegel, mit dem Föhn hat er schnell ein Sichtloch in den Beschlag geblasen und hat sich vor sich – betrachtet das Naturschauspiel seines durchpulsten Torsos. Wie seine Sehnen zucken! Nach einer Weile, die er der Bewunderung des Muskelmannsmassivs seines Sixpacks widmet, schlüpft er in einen Schlüpfer, in eine Hose und einen Pulli und schleicht sich an Maren und Mäusel vorbei aus der Wohnung.

Draußen floriert der Abend. Verliebte Ehemänner, die die Büros verließen in schnellen Wagen, die aus Garagen schossen und jetzt geparkt sind, spazieren Blumensträuße zu ihren Frauen über den Klang der Bürgersteige. Die Lüfte laben. Man spürt ein Blasen auf Stirn und Wangenwölbung. Das wird der Wind sein … Jäh bleibt man stehen, um lange auszuharren. Man spürt der Luft nach, ihrer Bewegung, lauscht ihrem Lispeln, ohne ein Wort zu verstehen. Die einzigen, die was zu sagen wagen, sind drei Pennäler, die dort, am anderen Ende des Platzes, an ihren Eisen lecken. Im Takt der Zungen, die aus den Mündern fahren, in denen Spangen blitzen, schieben sie je ihr Kinn nach vorne. Sie disputieren. Krächzend wie Krähen, damit es Winter werde mitten im Sommer, streiten sie über die Höhe des Kilimanjaro, den Marktwert der Stradivari, die Schamhaarfarbe des Barbarossa, die Lage Lapplands und noch paar andre Themen. Der Lehrling begibt sich hin.

Dem einen nimmt er sein Eis weg, wirft's auf den Boden, so dass die Waffel splittert und das Sorbet spritzt. Den anderen fragt er, ob er nicht längst im Bett sein müsse, und verabreicht ihm eine Kopfnuss. Dem dritten schnipst er zunächst das Käppi von seiner Riesenbirne und dann die Brille von seinem Zinken und zieht dann weiter, setzt, jäh und jagend, die Fußsohlen auf die Gehwegplatten des schwebenden Bodens, der ihn, auch jetzt noch, da er sich wie verschluckt fühlt, wie in ihn eingesickert, o Wunder, trägt.

Der Lehrling stromert. Hindurch durch Gassen, quer über Straßen, vorbei an Hauseingängen, in denen Pärchen sich in den Armen liegen, verliebt sich wiegend, ewige Treue schwörend, bestrickt, verblicktäut, im Kuss verleimt. Auch über Brücken strolcht er, die sich um Flüsse biegen, die drunter rauschen, und bleibt nicht stehen. Sein Leib leuchtet auf in den Kegeln, die aus Laternen fallen, wenn er in sie hineintritt. Die Hand streift Tunnelwände, Zäune und Hecken, greift in die Gräser, die da am Wegrand wachsen, zerreibt die Garben. So streunt und streunt er und hat erst angefangen, und es kann dauern – denkt man, wenn man sieht, wie er umgeht –, bis er wieder bei sich zu Haus ist. Er schleicht um Ecken, zwängt, wo es Not tut, sich durch die Löcher in um Fabrikruinen standhafte Zäune, klettert auf Dächer, von denen er auf die Stadt hinabsieht, in ihrer Küchenfenster sternfernes Glühen.

Er denkt an damals, als er und Maren einander kennenlernten. Wie lang es her scheint, dass er ihr eines Sommermorgens, erst letztes Jahr war's, von einem Dach aus (dem ihrer Uni) nur albern nachmiaute, anstatt zu pfeifen, und ihr den Kopf verdrehte, und es geschehn war um ihn und Maren. Etwas von Zimmermännern, dass sie wie Katzen seien, die Stiefel Pfoten, hat sie ihm herzlich zugerufen, ihm ihre Handynummer auf ein Papier geschrieben und es gefaltet, zu einem Vogel, der zu ihm hochflog. Sie trafen sich noch am selben Abend. Wie schön doch die vierzehn Wochen nach diesem Tag warn! Der Lehrling lässt sie Revue passieren. Er schwelgt in Schmusestunden und Schnurrereien.

Um vier Uhr morgens ersteigt er abermals alle Stufen zu seiner Wohnung und schließt die Tür auf. Im Flur gähnt Leere und wispert Stille und niemand piept mehr. Fort sind die Schuhe Hennings. Fort ist sein Sakko. Fort also auch er infolgedessen. Und Maren? Schläft.

ANDERNTAGS MEINT DANN Karol, dass er diesen Kerl geschlagen hätte. Sofort, schon beim ersten Anblick. Dass sowas ja nicht normal sei. Jemandem, der so ein Knilch sei, so freie Bahn zu lassen! Bei so ner Freundin! Und das seit

Wochen! Der Lehrling hat ihm erzählt von Mäusel. Von seinen Schuhen, von seiner Fistelstimme, von den Zitaten und davon, wie Maren ihn immer anstarrt. Die beiden stehen auf einer steilen Schräge und rücken Leisten ins Lot zu Sparren, um sie dann daran anzubringen mit ihren Hämmern im Prall auf Nägel. Die Hämmer sausen auf flache Köpfe nieder, die sich dem Holz der Leiste nähern, in das sie eingehn. Pro Mann drei Schläge, die strikt synchron verlaufen. Karol, auf allen Vieren, erklimmt gerade die Steigung bis hin zum Firstgrat. Sein Rücken schwingt leicht. Stark, flink und emsig sind seine Hände und drahtigsehnig sind seine Unterarme. Im Mundwinkel hängt ihm stets eine Selbstgedrehte, von der der Qualm steigt, der kleine Kräusel bildet, hoch in den Himmel.

Ein Wort zu Karol: Er kennt das Leben, und was er durchgemacht hat, mit seinen dreißig Jahren, kann er echt gut berichten. Die zig Unglaublichkeiten, die er den Tag lang auftischt, glaubt ihm der Lehrling gern. So ewig er auf der Walz war, so viel erzählt er, von Honolulerinnen und wie er Dächer baute über den krummen Birkenhütten entlang des Irtysch und wie er fast auf den Hund gekommen wäre in Unterandelfingen. Eine Art appetitus drängte ihn dahin, dorthin in seinen Wanderjahren. Was ihn je nur zu bleiben einlud, trieb Karol weiter. Davon zehrt er noch hier und heute, im frühen Alter, das seine Züge zeichnet. Der Lehrling hört staunend zu. »Karol ist schwer in Ordnung!«, denkt er. Anders als Janez, der unten wütet, als wär's im Wahn.

Er zerknüllt die vom Rand des Dachs gerissenen und herabbugsierten Rinnen zu großen Schlaufen, die er auf den Container wuchtet. Er ruft den Lehrlingsnamen in alle Hergottshöhen. »Kommsdu! Chierchjer! Sofort!« Gut zwanzig Latten, aus denen Nägel staken, sind es, die er umarmt. Sein T-Shirt ist rot gefleckt. Er taumelt. Er faltet Planen und auch die Stirn schlägt Falten, aus denen Schweiß hervorperlt. Sein Mund unentwegt bewegt. Die Bohnen. »Wie dankbar bin ich für jede Stunde, die ich nicht mit ihm ran muss«, gesteht der Lehrling, und Karol lächelt.

Als der Lehrling am Abend heimfährt, ist er so müde, wie er es wohl noch nie war, seit er auf fremder Menschen Dächern werkelt. Zwei Stunden Schlaf nur, acht Stunden Arbeit. Und das seit Wochen. Er will nur liegen, schlummern und erst am Sonntag wieder erfrischt erwachen. Geküsst von Maren, die mit Croissants hereinkommt, die sie für ihn beim Bäcker holte. Ein schöner Traum ... Robotisch träge ersteigt er im Haus die Treppenstufen, kippt vornüber, richtet sich wieder auf. Einmal landet er sogar auf seinen Knien, die Hände vorderpfotig auf einer der Stiegen, und macht sich von da ab nicht einmal mehr die Mühe, sich zurück in den Stand zu stemmen. Auf allen Vieren klettert er weiter, höher, kriecht bis zur Wohnungstür, spießt mit nach oben gestrecktem Arm blindlings zielend den Schlüssel in ihre Schlüsselöffnung und dreht ihn um. Der Lehrling umläuft die Mäuselschuhe, die wieder dastehn, was er nicht einmal mehr bemerkt, und schleppt sich – wobei er seine nun wirklich letzten Kraftreserven aufbraucht – endlich ins Bett.

IN DER KÜCHE, zehn Stunden später, nach wirren Träumen, sitzt Henning Mäusel, der sich ein dickes Brot geschmiert hat mit viel Exquisa und etwas Honig und im Kaffee herumrührt, ihm gegenüber am Tisch. Er sieht geduscht aus im Schein der Küchenlampe. Er scheint in Aufbruchsstimmung. Zumindest trägt er die Schuhe. Er blättert in einem Buch rum, liest, lacht, notiert was. Dann sieht er auf und sagt, den Lehrling erst jetzt bemerkend: »Ach! Murr! Ach! Hallo! Ach! Guten Morgen! Na? Heute frei?« Zum ersten Mal sind die beiden mit sich alleine. Auge in Auge. Manngegenüber. Weil Maren noch schläft. Sie schweigen. Der Lehrling sitzt reglos da. Weder packt er Henning am Kragen und zieht ihn näher, um ihm was Fingerwegges, Vonmeinerfreundinhaftes in sein Gesicht zu fauchen, noch tritt er ihm unterm Tisch gegens Studentenschienbein, während sie übers Wetter plaudern. Immerhin gießt er sich Kaffee in Mäusels Müslischale, die noch unbenutzt neben der Packung Milch steht, und räumt die Cornflakes weg, als Henning sich was davon nehmen möchte. Das ist nicht nichts.

Eine Weile lang sitzen sie einander stumm gegenüber da. Dann, wie auf ein Zeichen hin, stehen sie zeitgleich auf und verlassen zu zweit die Wohnung, die beiden Widersacher. Sie so zu sehen! Wie sie einträchtig kontrastiv ihrer Wege gehen. Der eine muskelmännisch, der andre spargelnd, der eine aufrecht, der andre hängend, und beide so scharf auf Maren wie ihre Krallen. Der Lehrling hat nur vergessen, sie sich zu schneiden. Doch Henning Mäusel feilt, wetzt, lackiert und pflegt sie für sein Arpeggio. Er spielt Gitarre. Der Lehrling weiß es, weil Maren auf dem Konzert war, das Henning gab, vor Wochen, und davon schwärmte, beim Telefonieren mit einer Freundin oder mit wem auch immer. Jedenfalls wirkte sie ganz erschrocken, als sie bemerkte, dass der Lehrling es mitbekommen hatte, sagte zu Irmi oder wem sie da eben sonst das Ohr vollsülzte: »Du ciao, ich muss mal«, und legte dann hastig auf...

In der Wohnungstüre gibt es kurz ein Gerangel. Keiner will scheint's vorangehn. Jeder bietet dem jeweils andern jeweils den Vortritt. Der Lehrling setzt sich mit seinen Körperkräften, die die von Henning – sagen wir: siebenfach – übersteigen natürlich durch. Doch dann springt Henning, der gänzlich unbekümmert sein frohstes Lied pfeift, je drei der Stufen runter. Hey du da! Lehrling! Wie wär's mit Schubsen oder ihm in die Hacken treten? Ein bisschen schneller! Zu spät. Schon knallt die Haustür unten, denn Henning, der Schnösel, dachte wohl gar nicht daran, sie dem Lehrling aufzuhalten. Für den Rest des Tags hat er sicher nichts weiter vor, als sich auf die Terrasse eines Cafés zu setzen, in seinem Buch herumzukritzeln und dann zu Maren aufzubrechen, wenn sie ihn anruft ... Der Lehrling hingegen hätte bereits vor Stunden mit Janez auf eine Dachbaustelle fahren müssen. O Lauf der Welt!

Der Tag ist furchtbar. Zuerst das Gespräch mit Marlon, so heißt sein Meister. »Gespräch« ist gut ... Marlon wäscht ihm den Lehrlingsschädel, duscht ihn mit feuchter Aussprache, in die sich Würstchenfitzel mischen, macht ihn von oben bis unten frisch. Es hagelt Tadel für seine Arbeitsweise, die viel zu lahm sei. Der Lehrling erfährt, dass er sich »das mit der Lehrzeitverkürzung« (die für ihn ohnehin nie ernsthaft in Frage gekommen wäre, »bei dieser Grundeinstellung«) stecken könne. »Du solltest dich mehr an Janez halten«, sagt Meister Marlon und wählt daraufhin dessen Handynummer. Er soll ihn holen. Janez ist wütend, weil er – bei bereits mauem Pegel – aus seiner Raserei gerissen wurde, und lässt es den Lehrling spüren ... Der Tag wird zur schlimmsten Hölle, die er bisher erleben musste. Als er sechs Stunden später zurück zu Haus ist, fühlt er sich wie gemaischt.

Der Lehrling sitzt am Küchentisch und starrt den Brief an. Die Augen flirren. Die Fäuste, in denen das DIN-A4-Blatt eingeklemmt ist, an dem er sich festhält, um nicht vom Stuhl zu fallen, so scheint's, vibrieren. So wie die Knie zittern und ihm's im Schädel hämmert, rattert sein Rücken. Das war heute definitiv zu viel ... Immerhin musste er, als er hereinkam, sich zur Abwechslung nicht auch noch einen Tritt versetzen lassen von Hennings Schuhen. Henning ist nicht »zu Hause«. Aber auch Maren konnte er nirgends finden, als er sie vorhin suchte. Nur ihre Botschaft. Er liest sie zum dritten Mal.

Mein liebes Murrchen, steht auf dem Zettel, *ich bin mit Henning in einer Ferienhütte. Wir werden lernen und sehr viel reden, und was weiß ich nicht alles. Mal sehen, was so geschieht. Vielleicht werde ich nie mehr wiederkommen, was natürlich in dieser Deutlichkeit hier nicht drinsteht. Es klingt nur an. Im Kühlschrank findest Du eine Dose Gulasch. Lass es Dir schmecken! M.* Am unteren Rand des Briefs hängt Marens Zimmerschlüssel an einem Tesastreifen. Es zeigt ein Pfeil darauf. *Falls du etwas aus meinem Zimmer brau-*

chen solltest … Noch einmal: M. Das mit dem Schlüssel ist ganz erstaunlich. Hat sie den Lehrling doch in den letzten Wochen kein einziges Mal zu sich hereingerufen. Selbst nicht aufs Klopfen. Zurückgezogen in ihrer Kammer, hat sie ihn draußen stehen lassen. Als gäbe es ein Geheimnis vor ihm im Innern. Der Lehrling macht sich gar nicht erst groß die Mühe, den Schlüssel loszureißen, sondern trägt ihn mitsamt Marens Brief zu ihrer Zimmertür und schließt sie auf.

DAS ZIMMER IST SO wie immer, bemerkt der Lehrling. An Wänden Garfieldposter und Katerkarlobilder sowie ein paar Kalender, die Kleinekatzenpaare auf weichen Kissen zeigen, die, fröhlich raufend, sich ihre Babytatzen in die Gesichtchen drücken. Im Fernseher flackert irgendeine der Tom-und-Jerry-Folgen. Ganz so wie früher. Tom greift durch ein Loch in der Wand nach Jerry, der ihm ein Streichholz hinhält. Schwelend rennt Tom nach draußen, gefolgt von Jerry, der einen Benzinkanister schultert. Der Lehrling lächelt. An Marens Mietzenmacke hat sich offenbar nichts geändert. Es braucht nur irgendwo eine Katze in etwas vorzukommen und Maren sammelt es, nach wie vor. Die Hello-Kitty-Täschchen in ihren rosa Farben, die von dem Kleiderständer in der Ecke zu zigst herunterhängen, schwanken im Wind der Winkekatzen auf dem Regalbrett. Man spürt ihr Wehen, das sich heute mehr denn je wie ein Abschiedsanhauch, nicht wie Begrüßung anfühlt. Der Lehrling seufzt.

Und dann, was sieht er?, liegt da ihr Buch! Zwar klebt kein Post-It auf seinem Tatzeneinband, auf dem da *Du sollst es lesen!* stünde, aber es fällt ihm so sehr ins Auge, dass es ihm fast so scheint. Wie oft hat er Maren dabei zugesehen, wie sie in es hineinschrieb. Immer hat sie so vor sich hingesonnen, oft viele Stunden, seltsamen Lächelns, bis sich ein Wort ihr eingab. Dann wieder Stunden nichts. Der Lehrling greift nach dem Buch – und zögert. Er fragt sich schon ein bisschen, was das nun sollen könnte, nach all der Vorenthaltung, dass sie's ihm jetzt so hinlegt. Soll ihn, was drin steht, vor etwas stellen? Es würde ihn nicht sehr wundern, wenn er darin mehr als nur Schwärmereien betreffend Henning fände, schmachtende Lernberichte. Der Lehrling merkt, dass er schlottert. Er lässt sich auf Marens Sofa fallen, atmet tief durch und schlägt das Buch langsam auf.

Was muss er sehen!? Dass da auf hundert Seiten – das Buch ist vollgeschrieben – nichts als *Miau* steht! *Miau* folgt auf *Miau*, dem *Miau* folgt, jedes Mal in einer anderen Art und Weise, das Wort zu schreiben ... Mal liest es sich so, als hätte es eine Erstklässlerin hineingekritzelt, mal ganz verzittert im Sütterlin einer Oma, die eine Vollmacht zeichnet. Dann wieder ist es die Schrift Franz Kafkas, die seltsam drollig aussieht, wie frohes Flohgehüpfe (der Lehrling kennt sie von Maren, von wem auch sonst wohl?), dann die des Zaren, der knausrig zaudernd ein Gnadengesuch bewilligt. Der Lehrling staunt. In immer neuen, keinmal sich wiederholenden Schwüngen steht Miau um Miau da, und trotzdem – es ist unglaublich! – erkennt der Lehrling in jedem auch Marens Handschrift wieder. Er liest sie alle.

Miau. Miau. ~~Miau.~~ Miau. Miau.
Miau. Miau. Miau. Miau. Miau.
Miau. Miau. Miau. Miau. Miau.
Miau. Miau. Miau. ~~Miau~~. Miau.
Miau. Miau. Miau. Miau. Miau.
Miau. Miau. Miau. Miau. Miau.
Miau. Miau. Miau. Miau. Miau.
Miau. Miau. Miau. Miau. Miau.
~~Miau~~. Miau. Miau. Miau. Miau.
Miau. Miau. Miau. Miau. Miau.
Miau. Miau. Miau. Miau. Miau.
Miau. Miau. Miau. Miau. Miau.

Am Anfang hält er die Miau-Abfolge für eine Art Geheimschrift. Ihm fehlt der Schlüssel. Vielleicht lassen die Initialen des jeweils Federführenden sich zu den Wörtern fügen, die alles sagen? Das sähe so aus: H wie Herr Humprecht, der im Parterre wohnt. E wie Ernesto – auch Che – Guevara in seinen Tagebüchern, N wie Napoleon. Ergäbe HEN…! – Ein D folgt, wie Dorothea, Marens Cousine, sie schreibt ihr Ansichtskarten. Der Lehrling rätselt, kann kein Bedeuten und keine Botschaft finden. Doch er liest weiter. So manisch weiter liest er, dass er bald ganz vom Miau durchmiaut ist. Wo vorher Sätze in denotativer Demut vor Dingansichlichkeiten ihm eine Welt erschlossen, vibriert nun Katersprache. Das Wörtchen »Hunger« wäre wohl schon allzu zeichenzaudernd, um zu beschreiben, was ihn, als er nach Stunden erschöpft das Büchlein weglegt, gleitend geschmeidig in Richtung Kühlschrank steuert. Nicht dass der Menschenmodus distinkter Satzgefüge in ihm ganz und gar schon den Geist aufgäbe. Aber die Gedanken, die noch sein

Hirn durchflackern, sind bereits viel diffuser, als dass sie sich, so klar umrissen, wie hier weiterhin suggeriert wird, fürderhin könnten fassen lassen. Und trotzdem sind sie – in einem dunklen Sinne, der, bliebe er nicht erhalten, die Geschichte schon hier versiegen ließe – natürlich weiterhin vollständig da.

Der Lehrling öffnet den Kühlschrank und entnimmt ihm die Dose, die Maren für ihn gekauft hat. Katzenfutter! »Wo war nur Maren mit den Gedanken wieder? Sicher bei Mäusel«, dächte der Lehrling, wäre er noch der Sprache mächtig und wären ihm nicht die Label, mit denen dieselbe Pampe lediglich unterschiedlich etikettiert wird in den Zerfleischfabriken, völlig egal. Aß er nicht schon in der Schule um dieses und jenes Wetteinsatzes willen öfters angeblich ausschließlich Tieren Zugedachtes, wie Würmer, Heuschrecken, Schnecken, Flocken-für-Fische, Kekse-für-Katzen … Der Lehrling erwärmt den Inhalt der falschen Gulaschdose, kocht dazu Nudeln und würzt das Ganze mit einer Zwiebel, die er leidlich gewürfelt in einer Pfanne anbrät. Es schmeckt nicht schlecht.

DIE NÄCHSTEN WOCHEN lebt unser Lehrling von Luft und Katzenfutter. Er liest das Miau-Buch. Liest's immer lieber, liest's laut und leise, lässt sich den Klang gefallen, ohne es zu verstehen. Gelegentlich hört er sein Handy dudeln. Manchmal steht Karol unten, der Lehrling kann ihn durchs Fenster sehen. Er klingelt lange. Einmal auch Janez mit einer Flasche, die er wohl mit ihm leeren möchte. Ach ja, da war was … Der Lehrling war einmal Zunftsanwärter … Es fragt sich nur, welcher Zunft …

Oft noch geschieht es, dass er nachts durch die Gegend stromert. Auf allen Vieren. Er verlässt und betritt die Wohnung durch eine Katzenklappe, die er sich, homo faber, der er bis dato war, in die Türe sägte. Wenn er zurück ist, von seinen Ausflügen in die Stadt, liegt er meistens, stundenlang dösend, in Marens Katzenkammer. Es geht ihm gut.

Es ist ein Herbsttag, als der Lehrling aus seinem Dämmer aufschreckt, weil in der Tür der Schlüssel rasselt. Er hört ein urvertrautes Wispern und Piepsen. Maren und Mäusel sind kurz zurückgekommen. Sie wollen nur Marens Wintersachen holen. Der Lehrling, jählings herbeigeschossen, statt sie zu grüßen: miaut. Maren macht ernste Miene, zu seiner Miezenmontur aus Schnurrbart, Händen in Stiefeln, Schafsfellweste. Sie krault ihm die langen Backenhaare, sagt: »Armer Kater. Du wirst der Kater bleiben, weil ich nicht lachen werde.« Der Lehrling erwidert: »Miau.« Henning piepst: »Lass uns gehen, Hasi!« Der Lehrling sieht zu ihm auf. Auf irgendetwas scheint er sich zu besinnen. Man ahnt nicht, was in ihm vorgeht, spürt nur das Beben, seine immense Körperspannung. Und dann passiert's. Häppchen für Häppchen frisst sich der Lehrling einer Art Happy End entgegen. Bis Mäusel schweigt.

DIE MIRIAM

1

Ich saß im Sessel, den Bettpfosten in den Händen, und schnitzte. Der Fernseher lief, auf lautlos gestellt. Ich summte ein Lied, das hieß Lore, und eins, das hieß Lei. Ein Fockmast entstand mir. Wenn ich mich schnitt, schrie ich »Au!« und lief in die Küche. Denn dort waren Pflaster genug. Sie hätten noch Jahre gereicht. Nur der Schnaps nicht. Der reichte nur noch für Tage. Es war also gar keine Frage, dass es bald losgehn musste.

2

Es gab in der Küche Mäuse. Sie wohnten in einem Käfig, den ich errichtet hatte, vor ein paar Wochen, doch fern, wie Vorzeit, wirkten die fünf Minuten, in denen ich dieses Ding schuf. Ich nannte es »das Gehäuse«. Maschendraht war an Holz getackert. Jedesmal war ich verwundert, wenn ich den schiefen Turm sah. Wie er immer noch halten konnte! Er war gelungen. Manchmal hob ich ihn in die Höhe und ließ ihn fallen, auf eine Isomatte, die davon ganz lädiert war. Man muss auch an seine Nachbarn denken (die ihre Fäuste ballen, in denen Besen stecken, die an die Decke pochen). Sonst droht Verrohen.

3

Die Mäuse hießen: Tick, Trick und Track, Johannes, Mathilde, Dietmar, Batman, Bakunin, Hakuin, Holde. Ein Zettel, auf dem die Namen standen, steckte in meiner Hosentasche. Tick, Trick und Track war der Einzige, den ich herauserkannte aus diesem Pulk der Mäuler, aus Balg und Knäuel. Und nicht etwa, weil er ein weißes Fell trug. Und nichts mit Augen.

4

Noch sieben Nüsse klackerten in der Schüssel, die mir, ganz Kind und konkav, im Schoß lag. Ich knackte mir hin und wieder eine. Ich summte Lieder. Der Fernseher lief, doch leise. Der alte Flimmerer, den ich Kropotkin nenne. Eigentlich ein Sozialfall, mit seinem Op-Bart und weißem Rauschen statt Dialogen. Ich hatte ihn damals aufgenommen, als es geklingelt und er auf dem Schuhabstreifer vor meiner Tür gestanden hatte. Und tja, da saß er mir gegenüber, in seinem Sessel, und schien zu dösen und nuschelte Unhörbares in sein Bartgestöber. Ich drehte lauter.

5

Es war die Zeit, in der ich das Schiff schuf. Ich wand meine Haare hinein. Erst sah ich nichts, war niemand mehr im Wirrwarr ihres erstarkten Wucherns. Dann wob ich Segel. Das mit den Haaren, kam wohl vom Haarwuchsmittel. Es war so typisch! Jetzt, wo die weg war, die's mir verschrieben hatte, damit ich bärtig würde nach ihrem Gusto, schlug's endlich an! Nur von der Nebenwirkung, die einen kleiner machte laut Text des Beipackzettels, war nichts zu spüren …

6

Ich hätte Freunde einladen können, die mir dann hätten bringen können, wonach ich lechzte: Glühnden Glenfiddich, qualmende Quitte, Bärwurz, Bacardi, Gin … Ich fand aber keinen Grund, sie herzubitten. Außerdem war meine Wohnung in keinem guten Zustand. Die Heizkörper waren herausgerissen, die Fenster eingeschmissen mit, aus dem Schrank, den Tassen. Vom Teppichmesser zerschlissen waren Tischdecke, Tops und Vorhang. Hinzu kommt: Ich hatte keine. Die Schulzeit war lange her. Und Mäuse zähln nicht. Niemals hätte ich Miriam versprechen sollen, dass ich sie für sie füttern würde, so wie die fraßen. Sie fraßen viel!

7

Der Kiel war befestigt. Der Fockmast in Arbeit. Zwei Masten besegelten sich. Es handelte sich nur noch um Stunden. Schon morgen konnte es losgehn. Ich fragte mich lediglich wie. Das Schiff war sehr klein. Ich trug es von Zimmer zu Zimmer. Ich schnitzte und pfiff und sah fern. Bei Bedarf riss ich mir eine der Kordeln vom Kopf, die ich zuvor geflochten hatte. Den Fockmast band ich fest an den Bug. Um Mitternacht hörte ich, durch Tapetengeräusche hindurch, ein Murren. Der Nachbar, die Eule, zog ein oder aus. Er summte die Luft kühl und dunkel. Wie ich hier. Ich hörte ihn mit den Flügeln flattern und mit den Fenstern schlagen und etwas von einer Ecke in eine andre tragen, dann wieder endlos rumstehn. Horchend verharrte ich noch eine Weile, doch er blieb still. Ich setzte das Schiff in den Sessel, legte mich auf den Boden und schlief dort ein.

8

Es war das Schiff, das mich weckte. Ich hob es vom Sessel ins Licht. Goldblond funkelte die Takelage in triumphaler Stille. Auf den Tauen der Tau ein Glitzern, die Segel gleißten wie Seide und seine Planken knarrten. Durch und durch hatte es etwas Zauberisches, fand ich. Es war perfekt.

9

Ich bemannte es mit den Mäusen. Tick, Trick und Track war in Meuterstimmung. Er wollte Mätzchen machen, bevor es losging. Ich schnürte ihm sein Gemäul zu, band ihn an einen der Masten. Dann ging es los. Vorher schrieb ich dem Schiff mit einem Lippenstift, den ich fand, aber noch seinen Namen vorn an den Bug. Verschrieb mich. Schrieb erst *Marianne* und strich es durch, dann *Marion*, dann *Manuela*. Ich warf den Stift weg. War doch egal jetzt! Ich trat ins Freie.

10

Das Schiff im Arm lief ich durch eine Gegend, die ich schon ganz vergessen hatte, entlang an Straßen, von denen ich nicht hätte sagen können, wohin sie führen mochten. Ich fragte erst einen der Menschen, die unterwegs warn, dann noch einen, dann einen dritten, wie es zum »Stadtsee« gehe. Sie zeigten alle in eine Richtung. Ich blies in die Segel, in die ein Wind fuhr, und ließ die Anker lichten, bevor die Taue rissen. Ich rannte los. Die Mäuse dachten, dass sie sich schon in Fahrt befänden. Ich sah sie die Segel trimmen, sah sie sich abhetzen in der Takelage. Das kleine Steuer drehn. Durchs kleine Fernrohr sehn. Über uns kreisten Bussarde, Adler, Möwen. Jedes Mal, wenn einer der Vögel nach einer

Kanonensalve erschlafft vom Himmel stürzte, rollten sie eins der Schnapsfässchen aus der Kombüse, füllten die Fingerhüte, die sie in ihren Fäustchen schwenkten, und piepsten »Prost!«.

11

Bis zu den Knien, und heulend und lachend vor Glück, im Wasser, konnte ich dann die Wirkung spüren, d.h. die Nebenwirkung. Sie kam sehr plötzlich. Die Kleider wurden zu bunten Algen, die mich entließen aus meinen Maßen. Endlich geschah's! Ich hielt mich am Schiff fest, das ich so lange gehalten hatte. Es zog mich hinaus aufs Meer. Man half mir mit Pfoten über die kleine Reling, hieß mich an Bord willkommen, goss mir vom Schnaps ein. Er floss in Strömen. Auf Höhen der See nannten sie mich bereits nicht mehr Käpt'n. Wir schipperten schon als Brüder. Ich dachte noch, mach es gut, Kropotkin.

12

Der Rest war Rauschen.

DIE ALTE

I

Da geht die Alte. Über das Pflaster, das goldgrau flimmert im Flirrn der Lindenschatten, schleppt sie sich hin. Ihr Gehen alterniert zwischen Innehalten und forschem Fortgetrippel. Oft bleibt sie stehen, blickt blinzelnd um sich und tanzt dann weiter ihren Athroseboogie gebeugter Ellenbogen, geknickter Knie. Die braunen Stiefel, aus denen Waden ragen, die beige umstrumpft sind, hüpfen jäh vom Asphalt auf, auf den sie niederfallen. Ihr Rock wirft Falten, die eine Mode falzte, die längst passé ist. Ihr runder Rücken ist blau bestrickjackt. Fast sieht man Mottenkugeln mit ihr des Weges kullern – luminiszenzumschummert, phosphoreszenzfahl im Naphtalinmondnimbus –, als ging's durchs Dunkel noch der Klamottenkiste, aus der sie am Morgen stieg.

Die Straße – eine Allee ist's, auf der sich, was röhrt und rädert, bös aus der Stadt wälzt – quert sie gleich mehrmals. Die Alte shoppt. Zaudernd im Zickzack irrt sie von diesem Laden zu jenem Kaufhaus, um – ihre kleingeldpralle, lederne Börse zückend – drin zu verschwinden und erst nach Ewigkeiten des Sichberatenlassens oder des Kramens im Kram der Warenkörbe wieder daraus hervorzukommen. Nach kurzem Zögern zieht sie dann weiter, an ihrem Einkaufswagen, der an dem Griff gehalten, der von ihm absteht, hinter ihr dreinrollt. Und rollt. Und rollt.

»Tronk« heißt der Trolley, der ganz so aussieht, als würde er auseinanderfallen, wenn man in Anschlag brächte, wie lang es her ist, dass er erworben wurde. Er ächzt ein Liedchen vom fernen Baujahr, er quietscht und quengelt. Man hört die Nähte knarzen, weil (von all der Milch für den Grießbrei, Bier für den Bierteig, Schattenmorellengläsern, Schachteln mit Eiern und was ihr sonst so ausging oder noch da war, nur nicht in Mengen, die auch im Kriegsfall oder bei Sintflut ihr Überleben sichern würden) sich seine Wände wölben. Und trotzdem hält er, was nie versprochen wurde in Garantien.

Nach langem Irren – ihr Itinerar ein Knäuel verzockter Wegverläufe – gelangt die Alte an vor dem Häuschen, in dem sie wohnt. Aus Stein und kühl ist's, was eine Wohltat darstellt im Schwirrn der Hitzegrade so hoch im Sommer. Es steht am Stadtrand. Dort, wo die Häuschen stehen. Drumrum die Gärten, umzäunt von Zäunen, die ihre Pfähle fletschen. Drin Rhododendrons, Wisterias, Fliederbüsche, die ihre Blüten ins Blau der Frischluft recken. Hie und da ragt ein Spaten schräg aus der Erde, harkt eine Harke sich fest im Boden, die dort vergessen wurde vor sieben Sommern. Im Holz des Stammstücks einer zu Noch-und-aber-Zeiten gefällten Esche vor schiefem Schuppen steckt stumpf ein Beilblatt, aus dessen Schaftloch ein morscher Stiel ragt, der, wenn ein Wind dran rüttelt, kaum hörbar knarrt.

Die Alte steckt ihren Schlüssel ins Loch der Türe und dreht ihn rum. Erst ein, dann zwei Mal. Dann noch ein drittes. Dann springt die Tür auf, die – es versteht sich beinah von selber – quietscht. Die Standuhr im Vorraumdämmer zeigt eine Zeit an, die lang schon still steht: Nicht noch halb zwölf ist's, wovon man ausging, sondern schon zwei Uhr vierunddreißig. Und das seit Jahren.

Beim Durch-die-Türe-Treten berührt die Lederspitze eines der Stiefel den Stein der Schwelle. Die Alte fällt nicht. Stürzt nicht vornüber. Reißt auch nicht Tronk mit, den sie umklammert. Kein leiser Schrei schrillt, es knackt kein Fenum, so wie kein Hüftbein splittert. Weder Kirschgläser, die aus der Tasche poltern, kullern den Flur lang, um zu zerschellen, noch eiern Äpfel zum Zu-Kompott-Verkochen mit keinem Mehlsack, den sie mit fort befördern, gegen die nahe Wand. Er platzt nicht, und keine Nebelwolke umgibt die Alte, in der sie daliegt, wehmütig wimmernd, oder auch stoisch, sich von den Kirschen nährend, bis sie verhungert.

Die Alte hievt ihren Trolley über die Schwelle, lässt sich auf einem Schemel nieder, der nah der Tür steht, und streift den Schuh ab, der ihr fast zum Verhängnis wurde. Danach den andren. So, nur in Strümpfen, durch die die Bodenkälte ihr an der Haut nagt, sitzt sie und starrt vor sich hin. Der Steinfußboden zieht seine graue Schau ab. Die Alte gähnt. Nach einer Weile, die – nicht mal die Uhr weiß, wie lange – dauert, schlüpft sie in ihre Holzclogs, um sich am Griff des Trolleys in einen leidlich stabilen Stand zu stemmen, und zieht dann die Einkäufe hinter sich her zum Kühlschrank in seiner Stubenecke, der ratternd aufbrummt, während sie sich ihm nähert. Die Alte verstaut all die Gläser und Flaschen, Becher und Schachteln, Tuben und Tüten im überfüllten Kühlschrankinnern. Tronk sackt entspannt zusammen.

Die Alte setzt sich auf einen der Stühle, die um den Tisch in der Stubenmitte stehen. Darauf ein Häkeldeckchen und eine Vase, aus der zwei Rosen ränkeln. Weil sie die Köpfe hängen lassen und wie verwelkt erscheinen, wirken sie echt. *Ein Illusionskniff der seinesgleichen suchen dürfte auf dem Gebiet der Fakefloristik! Verfall, der vorhält!*, dröhnte die Männerstimme damals im DEKO-DÖBLER so laut aus Boxen, dass sie zusammenzuckte. Jedesmal, wenn sich die Alte die Rosen anschaut, denkt sie daran zurück.

Sie legt die Hände in ihrem Schoß ab und beginnt, sich umzusehen in ihrer Stube. Alles beim Alten, denkt sie. Nichts, das vergangen wäre (oder auch nur verändert) im Gang der Jahre. Sie zählt zwei Türen, die in die Küche und in den Schlafraum führen. Die Wände speckig, gebeizt vom Holzrauch. Auf der Kommode, direkt vorm Fenster, ein großer Flatscreen. Schwarz ist die Fläche, ihr stummes Dunkel birgt bunte Bilder zigfacher Möglichkeiten per Druck der Fernbedienung auf ihren ON-Knopf jedweder Westernwildheit, jedem Schmonzettenschmachten oder dem nächsten Quizgequassel das Wort im Raum zu geben. Aber die Alte hat keine Lust, jetzt fernzusehen. Komme was komme.

Die Alte wartet. Auf nichts und niemand. Rein ins Ereignislose. Tief in den Tag und tiefer in ihn hinein. Sie steht vom Stuhl auf und geht zur Türe. Sie lugt durchs Lichtloch. Außer den Nachbarhäuschen mit ihren Gärten, darin die Dauerpflanzen, ist partout nichts zu sehen. Die dürren Finger, in ihrer Gichtgekrümmtheit gleichen sie Schreibmaschinenhämmern, trommeln ans Türholz. So steht sie lange. Langsam legt sich ein Dämmern auf alle Dinge und entvergegenständlicht Büsche und Bäume, den Weg, die Häuser. Nur nicht die Himmelskörper im blassen Blauschwarz, die überm Tag aufgehen, der sich in Nacht zu hüllen zart im Begriff ist. Der Alten fröstelt. Aus einer Weltraumdoku weiß sie, dass manche Sterne, so sehr sie glitzern mögen, schon seit Jahrtausenden nicht mehr glühen …

Die Alte kocht was. Außer dem Striezel beim Bäcker Brubak vorhin, d.h. vor Stunden, hat sie heute noch nichts gegessen. Sie macht kein Licht an. Im Dunkeln faucht erst das Gas auf, dann, lange später, nach leisem Rasseln von Holz in Pappe, ratscht auch ein Streichholzköpfchen an einer Reibefläche und zischt ein Schwefelstichel im Duft des Phosphors aus den Chemiefabriken. Dann fumpt das Feuer. Kreisrund und bläulich schlägt's seine Krallenzähne ins Fleisch des Dusters. Allenfalls Schemen seitlichen Angestrahltseins unklarer Dinge sind zu erkennen. Doch hört man deutlich das helle Scherenschnappen, zugleich das Schnippen einer Verpackung. Den Strahl der Milch auch – sich um sich selber drehend und was von Eutern murmelnd, blechernen Eimern, schrundigen Händen, dem satten Grasgrün –, sodann ein Blubbern, gefolgt vom Milchschaumknistern. Kurz rieselt Weizen wie Korn aus Mähmaschinen in einen Mühlentrichter. Dann ploppt der Brei. Dies zur Akustik seiner Entstehung, mit der ein Löffelklappern und ein Geschepper des kleinen Topfs einhergeht, aus dem die Alte ihn in die Schüssel abfüllt, die schon bereitstand. Dunkel steigt Dampf auf. Die Alte riecht's.

Die Alte wartet. Auf ihren Hunger. Er ist verpufft. Nichts ist wie früher, als Appetit regierte. Die Alte seufzt leis. In ihr kein Knurren, kein Mit-den-Augen-Blitzen der müden Bestie. Sich durch das Zappenduster tastend, geht sie zu Bett. Sie zieht ein Kleid an, das schön gerüscht ist, faltet die Hände und schließt die Augen. Sie sagt Gottvater. Nimm gnädig auf mich. Hüll mich in Anmut. Sä mir ein Lächeln in meine Totenfratze und lass es blühen. Sie ist jetzt glücklich. Denn gleich entschläft sie, verströmt den Lebensodem, gibt ihren Geist auf und liegt wie Stein steif, bereit für den Abtransport schon. Jetzt ist sie weg.

II

Lichtkeil um Lichtkeil stemmt Aug um Aug auf. Die Sonne britzelt, blitzt, gleißt und funkelt durchs Fenster. Die Alte blinzelt. Sie blickt sich um. Alles stürzt in sie. Das alte Radio, das ihr den Raum verrümpelt und keinen Ton tut, als würde Stille plärren. Der Stoß mit Alben, in denen Fotos kleben, ihr einst vertrauter, längst fremder Menschen. Sie winken, lächeln herab von Zinnen berühmter Trutzbauwerke. Die braune Truhe. Der leere Käfig, Kolks, des Kanarienvogels, als er noch hier war, d.h. hienieden, noch nicht im Garten ruhte. Das Mofa aus fernen Studienzeiten, von dem der Lack abblättert. Die Alte streckt sich. Sie kann die Vögel schrill tirilieren hören, draußen, vorm Fenster. Und sie versteht. Dass sie, wieder verschmäht vom Gevatter, nur kurz im Schlaf erschlaffte, der sie in ephemeres Dunkel hüllte. So war es bisher noch immer.

Dabei kam Gabriel, trat an ihr Lager, um sie zu fragen, ob sie bereit sei. Hellgrell umleuchtet, stand er vor ihr im Zimmer. Dass sie sich nicht zu fürchten brauche, donnerte seine Stimme. Nah sei der Himmel. Streifbar mit Flügeln.

Aber hier liegt sie und ist am Leben, was sich recht untot anfühlt. Es war ein Traum.

Die Alte frühstückt. Sie lutscht den Grießbrei. Zunge und Gaumenplatte zerdrücken Klumpen, von denen Klümpchen brechen, die durch die Speiseröhre bis in den Magen rieseln, der sie zermalmt. Von ihrem Einkauf gestern (der sie in Läden jeglicher Sparten führte, auch Apotheken) liegt der *Gesundheitsbote* noch auf dem Tisch rum. Die Alte liest. Einen Artikel, der die Behauptung aufstellt, dass Wandern Wunder wirke. *Wandern ist Jedermannslust*, liest sie, *auch die der Alten!* Sie legt das Heft weg. Sie greift zur Fernbedienung und drückt auf ON.

Der Flatscreen zeigt Panoramabilder von einer Landschaft, durch die sich Straßen schlängeln sowie ein Fluss fließt, in dessen Auen sich grün die Bäume bauschen. Da und dort Häuser, die sich zu kleinen Dörfern häufen. Über die Schienenstränge entlang des Flusses rattert verträumt ein Zug. Ein junger Mann namens Gabor betritt die Flimmerbühne. Gabor ist Drachenflieger. Ihm sitzt ein Helm auf, und seine Abenteureraugen schützt eine Brille, wohl vor dem Flugwind, der bald die Wangen backpfeift. Er wirkt entschlossen, aber auch ganz entspannt. Er schnallt sich an seinem Gestell fest, an dem ein Segel flackert, trabt rasch den Hang hinunter, der vor ihm abfällt und wird hinweggehoben. Torkelnd im Aufwindwehen schaukelt er hoch und höher.

Gabor sieht alles. Eckige Felder, gesäumt von Wäldern, wandernde Wolkenschatten, winkende Windparks, hockende Häuser entlang der Straßenstriche, die wie dahinskizziert sind. Alles ist klein und fern. Die Stimme, die aus dem Off kommt, wohlklänglich ruhig, es ist wohl Gabors, hört man sinnieren, dass einen schon oft die Angst anfliege, vor Sturz und Aufprall, so hoch hier oben, aber das sei normal. Gabor gibt zu bedenken, dass, wer den Himmel stürme, stets auch der Gruft sehr nah sei, in die man falle, wenn man sich einen Fehler leiste. Kaum sind sie ausgeklungen, die ernsten, schönen Gaborschen Worte, sieht man ihn landen. Ganz sanft setzt er auf im Gras. Er hebt den Daumen in seinem Fliegerhandschuh in die Totale und zeigt ein Heldengrinsen, über das dann der Abspann hinhuscht. Die Alte drückt auf den ON-Knopf, der sich zum OFF-Knopf wandelt, sobald ein Film läuft, und schaut ins Schwarze, in dem das Nachbild flackert. So sitzt sie noch lange da.

Die Alte sucht ihre Wanderstiefel, verstaut vor Jahren in einem Schrankfach, bis sie sie findet. Sie bindet Doppelschleifen, greift nach dem Holzstock in seiner Ecke und wandert los. Es ist ein Prachttag. Das Sich-gewaschen-Haben jauchzender Vögel im Tau der Taganfänge ist weithin spürbar. Brummelnde Hummeln, die durch die Frischluft torkeln, schwer an sich tragend, steigen gen Himmel, so weit es geht. Grün echten Grünens durchpulst die Blätteradern. Die Alte kiesknirscht und stapft und stocksticht sich durch die Gegend, die ihr vertraut ist, das macht ihr Heimathaftes, sachte Gewelltes, Unverbautes wie eh und je. Die Alte stampft Weg um Weg lang, klettert hangauf- und abwärts, durchs Glühn der Mittgassonne. Sie seufzt, stöhnt, keucht, schweißperlt, flucht, jubiliert.

Die Alte rastet. Hinten beim Abhang, wo das Gelände endet, sieht sie die Männerkörper ... Sie kann sich irren. Aber gut möglich, dass Neoprenanzüge schwachschwarz herüberschimmern und dass dort Helme glänzen und bunte Segel leuchten, schwebend, verschwommen. Sind das nicht Drachenflieger, die sich zum Start klar machen? Immer mehr Männer kann sie im Tanz der Thermik diesigen Luftverflimmerns leidlich erkennen. Sie hört die Stimmen, die aus den Männermündern zu ihr herüberwabern, als ob ein Flanger sie auseinanderrisse und ineinanderwöbe. Sie geht zu ihnen.

Wie man ihr helfen könne, was sie hier wolle, wo sie zu Haus sei und wie sie heiße, blubbert's ihr in die Ohren. Umringt von den Männern in ihren Flugmonturen, bringt sie kein Wort heraus. Alles umschwirrt sie, sie schwitzt, ihr Mund ist trocken. Einer der Männer umfasst ihr Kinn. Sanft mit der Rechten, nicht wie ein Rüpel, löst er ihr zart den Unterkiefer und spritzt, behutsam, einen Strahl Wassers, das isotonisch angereichert schmeckt, nach Orangen, Metall und Traubenzucker, aus einer Plastikflasche, ihr in die Gurgel. Das Trinken hilft. Die Alte findet zurück zu Kräften. D.h. zu Worten. Sie fragt die Männer, ob man das machen könne, in ihrem Alter, Drachenfliegen, d.h. es lernen. Die Männer lachen. Sie sagen: »Klar. Das geht noch. Nur einen Drachen brauchst du, den du dir einfach kaufen müsstest, von dem Ersparten, das deinen Sparstrumpf beutelt, und – schwups – bist du oben.«

Zurück im Kühlen der stillen Stube isst die Alte den Grießbrei, der noch vom Morgen da ist, mit Zimt und Kirschen. Einen mit Wasser vollen, klobigen Maßkrug hebt sie sich an die Lippen. In ihr noch Schwindel, dröhnende Nachgesänge erhitzten Bluts. Aber es geht ihr schon deutlich besser. Sie kann sich sogar auf den *Gesundheitsboten* gut konzentrieren. Ein Text preist Hüte, die vor der Sonne schützen, ihrem Gestichel. Sie liest ihn durch. Nachdem die letzten Worte des Plädoyers für Kopfbedeckung in ihr verhallt sind, tastet sie sich ins Bett. Sie zieht ihr Kleid an. Faltet die Hände. »Noch ein paar Tage gib mir! Bis ich mal dort war«, fleht sie statt ihres Sermons von Nimm-mich-fort-Gesäusel jedweden Abends. Sie meint den Himmel.

III

»Aber ich sagte Ihnen doch, dass es sich um das günstigste der Modelle handelt, die wir hier führen«, sagt der Kerl mit der Krähenstimme im ersten Stockwerk des großen Sportkaufhauses, unweit des Bahnhofs. Er sagt's zur Alten, die, recht entgeistert ob dieses Wahnsinnspreises (»Zweihundert Euro für einen Drachen!«), zu ihm hinaufschaut. Er heißt Herr Kranich, verrät sein Namensschildchen. Er ist hoch aufgeschossen, ein echter Lulatsch, Segel von Ohren. Sie lässt ihn stehen. Um ihn zu ärgern, prellt sie noch eine Weile mit Basketbällen und verlässt dann das altenschröpferische Geschäft. Im Import/Export-Laden, bei Herrn Vukovic Minuten später, entdeckt die Alte Duschvorhänge. Sie sind recht günstig, fünf Stück zehn Euro. Fünf würde einer kosten. Die Alte nimmt sie. Und Isolierband. Und vier Gardinenstangen. Sie stopft die Ware in Tronk-den-Trolley und zieht ihn zurück nach Hause.

Die Alte bastelt. Mit einer Nähmaschine, vollautomatisch, die in der Stubenecke Jahre im Staub stand, vernäht die

Alte drei der fünf Duschvorhänge zu einer Art buntgestreiftem Tuch oder Segel von weiter Flächengröße. Sechs mal zwölf Meter? So ungefähr. Die Nähmaschine rattert derart lautstark durchs Häuschen, dass man schier denken könnte, beim Dranvorbeispazieren, dass sie *Stirb langsam* oder einen der *Rambo*-Teile schaue, dermaßen kracht es, doch nicht in Spielfilmlänge. Schon ist es wieder still. Mit einem Teppichmesser schneidet sie, stumpf im Winkel, den dann das Dreieck bildet, das sie, so scheint's, im Sinn hat, von jeder Seite ein Eckstück ab. Und wieder rattert's, knallt's und caponekracht's, was auf den Saum zurückgeht, den sie nun anbringt, auf jeder Schenkelseite, um, hin zur Spitze, pro Saum und Seite, noch mal was wegzuschneiden, jeweils ein kleines Stück.

Die Alte pellt die Gardinenstangen, die sich verlängern lassen wie Teleskope, aus ihren Plastikhüllen und klebt sie zusammen, mit Isolierband, das sie um ihre Enden wickelt. Die zwei Gestänge, die so entstehen, schiebt sie in die zwei Saumkanäle und näht sie zu. Dann holt sie Bastschnur und eine Schere aus einer Schrankschublade. Sie misst zehn Ellen und schneidet sie ab. Nochmal. Und noch- und nochmal, wobei die nächsten beiden Stücke, ein wenig länger werden. Im Anschluss bohrt sie mit einem Dorn vier Löcher ins bunte Vorhangdreieck: zwei nah der Vorderspitze mit stumpfem Winkel und jeweils eines an den spitzwinkligeren Ecken schräg gegenüber. Die kürzeren Schnüre knüpft sie in die zwei erstgenannten Löcher, die längeren in die zwei zweitgenannten. Mehrfache Knoten knüpft sie, die sie dann mehrfach prüft.

Die Alte holt Tronk aus der Vorraumecke, in der er steht, und dreht ihn, um ihn ganz zu entleeren, von alten Kassenbons, letztem Mehlstaub, jahrzehntealten, knittrigen Einkaufszetteln. Sie legt ihn bäuchlings auf das im Garten ausgelegte Dreieck der Plane, an dem die Schnüre flattern. Sie kniet sich hin. Die beiden kurzen Schnüre befestigt sie an Tronks Handgriff, die beiden langen an seiner Achse. Dann ist ihr Drachen fertig. Vollbracht! Geschafft! Die Alte beschwert den Drachen mit einem Holzscheit, damit der Nachtwind ihn nicht vom Fleck weht, und geht zu Bett.

IV

Am nächsten Morgen wuchtet die Alte das Duschvorhang-Stangen-Tronk-Ding von einem Drachen auf einen Hänger, den sie aus ihrem Schuppen fuhrwerkt und an das Mofa koppelt, das sie zuvor ins Freie lenkte. Es funktioniert noch wie eh und je. Sie lässt es knattern, während sie sich ein Porridge anrührt, mit vielen Rosinen und Zimt und Zucker, Datteln und Cashewkernen. In aller Ruhe isst sie den Brei. Sie macht den Abwasch. Steigt aus den Holzclogs in ihre Stiefel. Schlüpft in die Wollstrickweste. Verschließt die Tür.

Behutsam lenkt sie das Mofa vorbei an Häusern, aus denen Nachbarn luren, grimmig erstaunt. Die Alte merkt es nicht mal. Zu sehr muss sie darauf achten, dass der Drachen ihr nicht vom Hänger segelt. Sie tuckert vorbei an Gänsezwingern, aus denen ein Schnattern laut wird. Da und dort bellt ein Hund. Sie fährt zuerst auf der Straße, vorbei an Roggenfeldern, zerlumpten Vogelscheuchen, dann über Schotterwege und Serpentinenpfade immer weiter bergauf, um schließlich fern jedes Wegs der Nase nach querfeldeinzuholpern. Nach längerem Über-Stock-und-Stein-Gehüpfe und heiklem Drachenklappern erreicht sie schließlich ihr Ziel.

»Das könnte klappen«, sagen die Männer in ihren Flugmonturen, die nicht schlecht staunten, als sie die Alte kommen sahen mit ihrem Drachen, auf diesem Steinzeitmofa, und die sich nun um sie scharen. Aus vielen Mündern empfängt sie Startvorgaben, Wissenswertes zur guten Windausnutzung, Tipps für die Landung … Und dann geht's los. Die Alte hat gerade noch Zeit, in Tronk zu steigen und sich gut festzuhalten, an seinem Handgriff, als zwei der Männer sie auch schon unterhaken und Richtung Abhang rollen, den sie ein Stück weit mit ihr hinunterlaufen. Bis es sie – schwups – enthievt.

Die Alte gleitet, justiert den Anstellwinkel, tariert die Trimmung, steuert in Aufwindfelder und nutzt die Thermik, um sich hinaufzuschrauben. Hoch, immer höher. Die Männer, die ihr zum Abschied winken, jubelnd, krakeelend, werden nach und nach leiser und kleiner und auch die Kühe schrumpfen: zu Kälbern, Kälber zu Hunden, Hunde zu Flöhen … Von einem Traktor, der über einen spielkartengroßen Acker tuckert, kann sie nicht sagen, ob dort nicht doch bereits nur ein Käfer krabbelt. Die Häuser, geparkten Autos, emsigen Bagger wirken wie hingewürfelt. »Der Kram der Welt ist ein eitler Spielzeughaufen!«, jubelt die Alte im Hochhinausgetrudel. Dann taucht sie weg.

Weiße Umwattung umquillt die Augen, verpfropft die Ohren, stopft ihr den Mund zu. Die Alte seufzt. So sanft umnebelt und zart geknebelt wäre ich gerne immer, denkt sie. Sie schnaubt die Luft ein, die nach Patschuli duftet, Weihrauch und Myrrhe, Kampfer, Vanille, wie pomadiert … Sie fühlt sich so süß betäubt. Irgendetwas an diesem Zustand sachten Entschwebens erscheint ihr zutiefst vertraut. »Woher bloß?«, denkt sich die Alte, staunend, da sie von einer Wolke ausgeht, die sie in Schwaden wickelt, und daran, Wolken jemals im Flug durchquert zu haben, sich nicht erinnert. Dass es sich bei der Watte, die sie umschummert, womöglich um etwas anderes handeln könnte als das Verdunst-Erzeugnis irdischen Wassers kommt ihr nicht in den Sinn. Bis es ihr, endlich, dämmert. Sie schwelgt im dickichtlichten, weichen, im Wind bewegten, erdnahsten Bartzipfel Gottes. Sie muss sich darin verfangen haben. Als er sich niederbeugte, nach ihr zu sehen.

KLOPSTOCK

IM SESSEL SASS ICH, bei meinen Klöppeleien. Es war ein Dienstag, gerade elf rum, und, wie man's ja wohl erwarten durfte um solche Abendstunde, war im Haus nichts zu hören. Man hielt sich an den bescheidenen Dekalog oder Kodex, den ich auf laminierten Wordausdrucken an allen Wohnungstüren angeschlagen hatte. Niemand mehr, der noch Staub zu saugen wagte, knarzend umherging, Steppen übte, oder dergleichen andre Wahnsinnskünste. Man gab sich Mühe. Das Einzige, was mir zu Ohren kam, war das Tick-Tack der Zwillingsuhren, Klöppelklackern und leises Garngesirre. Die Schallschutzfenster, deren Montage ich gleich beim Einzug mit dem Vermieter ausgehandelt hatte, tauchten auch noch das Mofaknattern und das Geheul der Großstadtwölfe draußen in eine Grabesstille, wie man sie sich nur wünschen konnte, solang die Lebenssäfte einem noch durch die Adern pulsten. Es herrschte Ruhe.

Das war auch gut so. Erst gestern Mittag hatte Gaspard (mein Auftraggeber, eminence grise und Gründer des hautecouturellen Modelabels mit Sitz in Brüssel, für das hier Nacht um Nacht meine Klöppel hüpften) mich mit einem seiner Anrufe aus dem Schlaf gerissen, um mich über den Stand meiner Arbeit an dem Bolero-Jäckchen auszuhorchen, dessen Vollendung ich bereits vor Wochen angekündigt hatte. Trotz aller Strenge, die Gaspard – Modezar, der er war – ins Feld zu führen pflegte, hatte er zwar jovial geklungen bei seinen Tuchfühlfragen, die auch Details berührten. Aber wer kann schon sagen, wer warum wie genau wirklich klingt?!

Bei Ei-und-Kaviarhäppchen am Rand einer Gala war mir vor Wochen zugeflüstert worden, dass Gaspard einen, ehe man sich versehe, fallen lassen könne, wenn man ihn nicht zufriedenstelle. »Und halbe Spitzenkrägen sind keine Auffangnetze«, hallte es mir durchs Sprachgedächtnis. »Wer fällt, der fällt.« In meinem Fall wäre das aber mehr als fatal gewesen. Ich wusste: Ein solcher Sturz würde mich allzu abrupt in die Niederungen bar jedes Nimbus zurückbefördern, aus denen Gaspard mich doch erst jüngst erhoben hatte. Er wäre total, final. War doch der Klöpplerposten – nach all den Lagerhallen, die ich durchwandert hatte; nach all den Krallen, die ich lackiert und abgehobelt hatte als Manikürist, Fraun zum Gefallen; nach all den Zahlen, die ich als Rechnungsprüfer, so lange prüfen hatte müssen, bis sie sich quitt gewesen waren – endlich ein Job, für den ich mich wie geschaffen fühlte. Er war ideal!

Er erlaubte mir, ganz bei mir zu bleiben. Keine Kollegen, die dich zum Bier einladen und mit dir bafeln wollen und dann ganz baff sind, wenn sie dich »endlich kennen lernen«, wie sie es nennen. Kein Rumgedruckse im Dienst von Höflichkeiten, kein Chef im Chefstuhl und keine Schlipsschlamassel … Noch nicht mal Anfangszeiten, und sei's als Gleitzeit, machten mir meine Tage madig, die leer und dösig waren, seit mir Gaspard die Gunst erwiesen hatte, mich in den Kreis seiner Zuarbeiter aufzunehmen. Erst in den Abendstunden, nahm ich in meinem Sessel Stellung, um dort drauflloszuklöppeln, bis mir die Morgensonne mit ihren Strahlen die kleinen Ahornschäfte, mit denen ich vor mich hinjonglierte, gleichsam entwand. Dann glitt ich erschöpft zu Boden, auf eine Isomatte, die ich irgendwann ins Parkett getackert hatte, und erwachte dort erst wieder Stunden später am selben Tag.

DIE NÄCHTE NUTZTE ICH, weil ich totale Ruhe brauchte. Damit mir mein Muster nicht unter der Hand zum Knoten würde. Es gab Kollegen, die sich aus ihren Wirren nicht mehr hatten befreien können. In manchen Fällen fand man ihre Gerippe erst Jahre später, verheddert ins Knäuel der Zierlichkeiten, in dem sie dereinst verhungert waren. So etwas durfte mir nie passieren!

Ich will erwähnen, dass ich mich für meine Arbeit nicht auf die überall downloadbaren, üblichen Klöppelbriefe stützen konnte. Ich hatte ganz aus mir selbst zu schöpfen, wenn ich die Nadeln steckte, um die ich dann Fäden knüpfte, die mich umfingen. Unsere Kundinnen (zu denen Chefhostessen, Bankiersgeliebte, berühmte Dragqueens, Politikerinnen, Ballerinen und Oligarchengattinnen mit Hang zu feudalem Unmut zählten) wollten nichts von der Massenware wissen, wie man sie allerorts zu Gesicht bekomme. In seinen Antworten auf ihre Auftrags-E-Mails, die er an mich cc zu setzen pflegte, versprach Gaspard ihnen immer, generös wie er war, »unübersehbar Unverbrauchtes«. Dieses dann herzustellen, war aber nicht mehr seine Sache, sondern ganz und gar mein Problem. Andernfalls hätte ich mich schon »Creative Director« nennen dürfen müssen. Was ich keineswegs als Kritik verstehe … Ich verdankte Gaspard so viel!

Trotz aller Vorsicht geschah es bisweilen, dass sich ein Fehler einschlich, der mich um Stunden zurückwarf, galt's dann doch alles wieder behutsam aufzudröseln. Bisher hatte ich aber immer terminnah liefern können. Auch das Bolero-Jäckchen würde am Ende fertig werden, soviel stand fest. Zumal ich mich seit ein paar Tagen nicht einmal mehr um die Abendruhe kümmern brauchte, für die ich so lange, teils mit brachialen Mitteln, zu kämpfen hatte. Diese – für alle Beteiligten schwierigen! – Zeiten schienen ja aber nun vorbei. Im Haus war es, wie ich schon sagte, endlich endgültig still geworden. Nichts, das mich also noch daran hätte hindern können, die Arbeit am Jäckchen abzuschließen. Ich ließ die Stifte springen, von denen Fäden schnurrten, die sich um Nadeln wanden, die kompliziert im Klöppelkissen steckten, das mir im Schoss lag, und melodienmurmelte dabei unausgesetzt eine Art Spruch oder Mantra, das folgenden positiv polenden Wortlaut hatte:

Heutenachtwirddasjäckchenfertigwerden,
Heutenachtwirddasjäckchenfertigwerden,
Heutenachtwirddasjäckchenfertigwerden,
Heutenachtwirddasjäckchenfertigwerden,
Heutenachtwirddasjäckchenfertigwerden,
Heutenachtwirddasjäckchenfertigwerden,
Heutenachtwirddasjäckchenfertigwerden,
Heutenachtwirddasjäckchenfertigwerden,
Heutenachtwirddasjäckchenfertigwerden,
Heutenachtwirddasjäckchenfertigwerden,
Heutenachtwirddasjäckchenfertigwerden,
Heutenachtwirddasjäckchenfertigwerden …

»Jäckchen« war übrigens gut! Bedenkt man, was die Bestellerin, eine betuchte Operndiva, für ein Koloss von Weib sein musste, was für ein Brummer brünhildscher Bauart, der Opulenz der Maße nach zu schließen, die man mir für sie durchgegeben hatte, hätte man eher von einem Segel sprechen sollen. Ich darf ja hier, laut Vertrag, keine Zahlen und keine Namen nennen, aber, soviel sei angedeutet, die Dame, deren Berühmtheit mundanes Ausmaß hatte, war offenbar auch, was ihre schier körperliche Raumeinnahme anging, exorbitant.

Hinzu kam noch, dass sie so ihren Anspruch hatte. Es galt, ein Muster als ein Geflecht aus Notenlinien und Melodien auszuhecken, die sich mit stilisierten Opernhelden mischen sollten. So war's bestellt. Synkopisch stolpernd, d.h. zu Boden sinkend, sollte man Scarpia, den Unhold, mit seinem zu einem Violinschlüssel ausbauchenden Leib, erstochen werden sehen. Auch Don Giovanni, Tristan, Isolde und Papagena standen Modell für Motive, die ich dem Jäckchen einverleiben sollte. Nicht eine Opernszene der großen Werke vom Barock über die Wiener Klassik bis hin zum Neugetöne der Adornitik verfemter Wohlgesänge, die ich nicht aufzugreifen hatte, ohne dabei je plakativ zu werden. Von Operndolchen galt es, gewissermaßen nur Schaft, nein, Schneide, vom singend aufgerissenen Schwulst der Münder nur das Vibrato bebender Gaumensegel, von Herzen Schläge, von Augen Wimpern darzustellen. Das Ganze hatte mir als das Falsche vorzuschweben, sprich: dem Fragment zu frommen, was ich auch tunlichst tat.

Gaspard hatte mich – bei einem Meeting vor ein paar Wochen, während dem wir, wie ich mich gut erinnere, Marmeladenbrote aßen – streng instruiert. Er hatte sich klar geäußert dahingehend, dass er das Jäckchen *gestisch* wolle, *nicht zu erkennbar bildhaft,* es solle nur der, der *sehen könne* etwas *erhöht Konkretes* darauf erkennen dürfen. Ich solle strikt *allusiv* vorgehen, nichts einfach *zeigen*, auch nichts *erzählen.* Stumme Musik und Aufschrei, der in der Kehle stecken bleibe, arienhaft virtuoses Räuspern, das dennoch nichts als ein Hüsteln wäre, sei, was die Diva, bei der es sich um eine Kundin der ersten Stunde, vor allem aber um eine »alte Freundin« handle, angeordnet habe. Dass ich ihm ja nicht am Ende mit der Behauptung kommen solle, dass ich das alles nicht habe wissen können. Ich sei gebrieft!

TROTZDEM. DANK DER totalen Stille (und meines Mantras) war ich recht optimistisch, dass ich es letztlich schaffen würde. Und wer weiß, vielleicht würde ich ja tatsächlich, bevor die Sonne aufging, bereits den mir noch fehlenden Hektar ausgeklöppelt haben! Am nächsten Abend würde ich dann das Jäckchen in meine Postfiliale bringen, pünktlich bevor sie schlösse. Galt's doch miteinzuplanen, dass dort am Abend die Schlange derer, die etwas abzuholen oder, wie ich, zu verschicken hatten, so leidig lang war, dass man dienstleisterseits den Sensor der trüben Schiebetüren deaktivierte, sie also früher abschloss, als auf dem Schild verkündet wurde, um einen *Cut* zu machen, wie man martialisch sagte, wenn jemand fragte, warum die Öffnungszeiten derart missachtet würden. Das abgehackte hintere Schlangenende blieb außen vor. Wer um, sagen wir, Viertel nach fünf noch ankam, mit seinen Päckchen, postgelben Plastik-Kisten, die voller Briefe waren, oder auch nur mit dem Abholzettel für die bestellten Chakra-Tropfen, Schneeschuhe, Mäusehäuschen, Pfeifen für Haschisch, Handgranaten … fand die Türen manchmal bereits verschlossen. Weil er sich offenbar doch nicht genug gesputet hatte. Konnte passieren.

Proteste gegen diese Art von Zerdehnung des Achtzehnuhrbegriffs konterte man in den Thinktanks der Telefonabteilung, die die Beschwerden aufnahm, übrigens mit der Raumzeit und ihren Eigenschaften. Man nutzte Fachbegriffe wie »Minkowski-Raum«, »Eigenzeit«, »Krümmung« und »Inertialsysteme«. Mir ganz persönlich – der ich's mehr mit den *Hard facts* der Wissenschaften halte, als mich dem verbreiteten Hang zu Werturteilen hinzugeben – schien die Erklärung, auch ohne dass ich sie je, wie ich gerne gestehe, begriffen hätte, rundum zufriedenstellend. Und die's nicht lassen konnten, weiter herumzunörgeln, wenn sie wieder mal zu spät aufgebrochen waren, konnte ich – nachdem ich nur einmal angerufen hatte im *Reconciliation Center* – nicht mehr verstehen.

Dergleichen Dinge denkend, hatte ich eine Weile lang vor mich hingeklöppelt, als ich ein Kribbeln in meinen hibbeligen, wie restless-leg-syndromisch bewegten Gliedern spürte. Nervositätssymptome, wie ich mir hatte sagen lassen, von meinem Leibarzt, der es ja wissen musste. Aber woher kam der Stress? Die Gedanken an die Post hatten mich offenbar unwillkürlich an die Wand auf die Zwillingsuhren blicken lassen. Vor gar nicht Langem war es noch kurz nach neun gewesen. Inzwischen zeigte aber die eine Uhr (»Tick« ihr Name) schon zehn Uhr dreiundvierzig und die andere (namens »Tack«) bereits ein Uhr achtunddreißig. Es war also – ich rechnete schnell – elf Uhr sechsundzwanzig, d.h. bald zwölf ... Verflixtes Zeitverfließen. Mit einem Mal schien es mir wieder fraglich, ob ich das mit dem Jäckchen bis morgen schaffen würde (was ich übrigens beim Telefonieren Gaspard im Affekt versprochen hatte). War doch die Nacht schon erheblich fortgeschritten, und das Ergebnis am anderen Ende eines gefühlten Ozeans anzusiedeln. Mir wurde bang.

Ich dachte: »Ruhig! Jetzt bloß nicht hastig werden!«, erhob mich, legte die Klöppelsachen in die Kuhle, die das Gewicht meines Körpers im Sesselpolster hinterlassen hatte, und bewegte mich durch den Raum. Ich bemühte mich, so tief, wie ich nur konnte, durchzuatmen, kreiste die Schultern, ließ mein Arme schlackern und ging im Kreis. Bis meine Schritte mich in die Küche trugen. Ein Kochtopf, der dreißig Liter fasste, stand auf der Ofenplatte und bollerte vor sich hin. Ich nahm eine Handvoll Zuckerstückchen aus einer der Schachteln, die ich im Schrank verwahrte, warf sie in ein phiolenförmiges Teeglas, in das ich zuvor eine Kelle köchelnden Wassers schöpfte, und hob es hoch. Wie immer sah ich die Zuckerstückchen, die aneinanderstießen, als ich das Teeglas behutsam schwenkte, sich in ein süßes Nichts auflösen. Ich unterließ es, mit einem Löffel nachzuhelfen, ließ, was geschah, geschehen.

Erst als sich auch noch die letzten Glitzer-Gränchen restlos verflüchtigt hatten, nippte ich kurz am Zuckerwasser. Es wirkte prompt. Hatte mich das Rituelle der Prozedur wie stets schon mit einer gutdingwillweilehaften Geduld geflutet, begann jetzt in optimaler Dosis auch noch der Zucker einzuschießen. Es kam zum Kick. Ein großer Elan erfasste mich und die Dinge, die mich umgaben. Alles schien seine Zeit zu haben (auch ohne darum durch den Raum zu hasten, als sei's auf Speed.) Sicher: Der Zucker verfehlte nicht seine Aufputschwirkung, aber es war nur ein belebendes kleines Kitzeln, eine Art zarten Fröstelns, das mich vor dumpfem Trübsinn feien würde, ohne mich zu sehr aufzuregen. Ich muss gestehen, dass ich mein Leben lang nie hatte Drogen nehmen wollen. Unter dem Druck ständigen Klöppelnmüssens war ich davon aber abgekommen. Was will man tun?! Andre rammten sich Spritzen voller Methyl-Kristalle in ihre Ellenbeugen oder ließen sich Ritalin verschreiben – mir reichte Wasser, Zucker in Stücken und die überschaubare Ewigkeit der qua Materiedichte, Umfang und Hitzegrade wohldefinierten Dauer, in der er schwand.

Zurück im Sessel waren die Sorgen verflogen. Ich spürte, wie sich von selbst die Klöppel regten. Als wären sie die zwei Dutzend Ruder eines über die Meeresweite des noch zu Knüpfenden rasenden Schiffs. *Der Fliegende Holländer* hieß es und hielt Zwölfuhrkurs im Takt der Paukenschläge. Die Takelage – in der, in Moll, die Matrosen spukten – verwob sich mit Wind und Wellen. Von fernen Geisterinseln winkte bereits Ariel (aus der Oper Thomas Adès') herüber, Keim eines Sturms an Anmut, der das Schiff bald im Bausch der Bogenstriche diskret zerschellen lassen und in die Dissonanz seiner Einzelteile streuen würde. Ganz wie gewünscht.

Das »Geisterthema«, an dem ich saß, versetzte mich in eine Stimmung, die ich als »inspiriert« bezeichnen würde. Klöppelnd beschwor ich Schwebewesen, die meinen Schoß beschirmten. Ich hielt Séance. Wobei ich schon hier betonen möchte, dass ich nicht an Gespenster glaubte! Ein solcher Glaube, es ist mir wichtig in aller Deutlichkeit darauf hinzuweisen, erschien mir lediglich als die Möglichkeit einer, sagen wir, grazileren Art der Weltbetrachtung, womit ich äußern möchte: Ich war kein Stimmenhörer, Gläserverrücker, Gesichteseher. Nur ein medialer Mensch, was nicht weniger und nicht mehr bedeutete, als dass ich stundenlang vor dem Computer sitzen konnte, den ich mir von meinem ersten Honorar hatte kommen lassen. Ich brauchte nur ein Wort in den Browser einzugeben, und schon erschienen wie aus dem Nichts die Wiedergänger verwehter Welten. Man fand sich beispielsweise von Marylin Monroe besungen und angeschnutet oder konnte sich, wenn man wollte, vom Dämon Derridas zum xten Mal das Wort »différance« erklären lassen. *In diesem Sinne* ließ Gundula Googles Zauberkugel sicherlich längst Verlebtes auferstehen im Sog der Zeitvertriebe und machte einen gleichsam Gespenster sehen. Aber das war auch alles.

GERADE LIESS ICH die Planken meines zerschellten Schiffs erknarren, um alsbald im Palisanderklang klackernder Stäbe der *Xylophonè* von Schlägeln auch noch die *Carmina Burana* Orffs aus dem Off zu locken – als es mich jäh aus dem Sessel lupfte. So sehr erschrak ich, oder geriet in Empörung, dass ich mit meinem Klöppelkissen schier in die Luft ging, sprich: einen Hopser machte. Vielleicht war es auch die Überraschung darüber, was mir mit einem Mal an die Ohren drängte. Wahrscheinlich alles zusammen. Vor meiner Wohnungstüre wurde nämlich ein starkes Ächzen hörbar, als stampften Stiefel extra fest auf die Treppenstufen, damit sie lautmöglichst knarren sollten. Und dann mischten sich dahinein auch noch Geräusche von Stimmen, die nicht einmal auf den Versuch, zu flüstern schließen ließen. O nein, man schrie.

Es musste sich um eine ganze Gruppe handeln. Mindestens dreizehn der fünfzig unterschiedlich klingenden Stufen, die hinauf in das vierte Stockwerk führten, hörte ich gleichzeitig knarren und mehrere Stimmen, die durcheinanderplärrten. Ich fragte mich, wer es noch wagte, sich über den von mir festgelegten Geräusche-Grenzwert hinwegzusetzen. Und das – ich schaute an die Wand auf die Zwillingsuhren – auch noch um zwölf Uhr nachts!

Schon war ich aufgesprungen. Ganz wie ein Hool zum Baseballschläger, griff ich zum Besen, der in der Ecke lehnte und den ich »Klopstock« nannte. Ich ging zur Tür. Klopstock lag gut in der Hand. Ich hatte ihn an der Stelle, wo ich ihn griff, knapp oberhalb seines »Riegels« mit Isolierband eingewickelt, damit ich mir keine Schwielen holte beim Ihn-Verwenden. Klopstock war für die Sachen, die ich mit ihm zu machen pflegte, bestens geeignet, um vieles besser, als all die andern Besen, die ich verschlissen hatte, in meinem bisherigen Leben. Er hatte Kraft. Man konnte ihn förmlich wummern spüren, wenn man ihn in der Hand hielt. Die Macht des Wuchses, wohl einer Esche, war, was ihn beben machte. Es war zu fühlen.

Feierlich gedachte ich derer, die sie einst umgehauen hatten, die alte Esche. Mutige Männer im Krach der Sägen, unter Einsatz wohl ihrer Leben. Ich gedachte des wilden Rappen, dessen einst stolze Mähne nun Klopstocks Haar darstellte. Ich war kein Grobian, der nur sich selbst im Blick hatte, sondern ein Spürer zarter Zusammenhänge, auch noch, wenn ich, bereit draufloszuprügeln, an meiner Türe lauschte, wie im Moment.

Die linke Hand an der Türklinke, während die Rechte sich fest um Klopstock krampfte, stand ich und quoll schier über von Adrenalin und Galle. Aber anstatt die Türe aufzureißen und diejenigen, die mich derartig störten, ratzfatz zu Mus zu dreschen, harrte ich nur und horchte. Perplex, erstarrt. Der Lärm muss mich überrumpelt haben. Nicht einmal Smith-Gonzales vom Stockwerk drüber war jemals so nonchalant gewesen, vergleichbar lautstark aus seiner Kneipe heimzukehren. Und das hieß viel.

Meistens im Trupp mit stöckelklackernden, kichernden Frauen, war er oft noch spät nachts die Treppe hochgepoltert, als alle anderen Bewohner des Hauses sich längst zu verhalten wussten. Bis ganz zum Schluss hatte er sich als renitent erwiesen, der alte Schwerenöter. Ich muss gestehen, dass ich im ersten Moment sogar meinte, im gegenwärtigen Poltern und Grölen auch seine Stimme auszumachen, was schier an Irrsinn grenzte. Hatte ihn doch der Schlag getroffen, vor knapp zwei Wochen, und er war tot … Ich erinnere mich, wie er hinausbefördert wurde damals, von fremden Männern, in einem Sarg, zum Leichenwagen, der schaukelnd fortfuhr. Am Straßenende sah ich ihn um die Ecke biegen. Und, tja, weg war er, auf und davon. »So schnell kann's gehen, dass wir den Geist aufgeben«, war, was ich dachte, und dass einem kein Schwein dann auch nur die kleinste Träne nachweint. Nicht eine Träne! Bei deinem Nachbarn! In dem Augenblick, den ich eben beschrieben habe, tat mir das sogar leid.

Was jedenfalls klar schien, war, dass – wenn es schon nicht Gonzales und seine Kneipenschwestern waren – diejenigen, die da stiegen, nichtsdestominder in seine Wohnung wollten. Vor ein paar Tagen erst war sie ausgemistet worden und stand nun leer. Ich hörte, wie sie etwas, das das Geräusch erzeugte, das sich ereignet, wenn Holz auf Holz schlägt, bumpernd im Flur abstellten, wenn nicht gar einfach fallen ließen, und wie sie dann plärrend nach einem Schlüssel suchten, den sie partout nicht fanden. Sie debattierten, krakeelten rum. Bis ich sie dann, wie vormals, wenn Smith-Gonzales sie aufgestoßen hatte, wohlvertraut knarren hörte, die Türe. Doch wer davon ausging, dass sie sich wieder schließen würde, um nach solch vehementem Auftritt offenbar neuer Nachbarn, wieder leidlicher Stille Raum zu geben, hatte sich schwer geirrt.

Einem, der zwischenzeitlich wieder die Treppen herabgestampft war, und der, dem dadurch erzeugten Lärm nach, die Statur eines adulten Grizzlybären haben musste, jedoch mit Menschenstimme parterre-her hochschrie, dass er den Schlüssel im Handschuhfach beim besten Willen nicht habe finden können, riefen sie zu, dass er nur wiederkommen, aber schon mal den Werkzeugkasten, der auf dem Rücksitz stehe, mit sich bringen solle, man sei schon drin.

Und dann realisierte ich vollends, was ich vorher trotz allen Rumpelns, das darauf hätte schließen lassen können, nicht hatte glauben wollen. Ich hörte, wie sich in das Stampfen von Schritten in Smith-Gonzales Wohnung nun auch noch das Hin-und-her-Gewuchte, wenn nicht -Gewerfe, offenbar schwerer Möbel, sodann ein Quietschen, Quirren und ein Gehämmer, Poltern, ja sogar das unverkennbare sirrende, hohe und zugleich dumpf ratternde Dröhnen sonorer Bohrgeräusche mischte. Die Ruhestörer kamen nicht, wie Smith-Gonzales immer, mit Wein und Weib nach Hause, um dann, was schlimm genug gewesen wäre, im Rudel durchzufeiern, sondern sie zogen ein!

Mir kam das Grauen. Wer derart einzog, dermaßen lautstark, so spät am Abend, der würde auch, wenn er wohnte, kein Quäntchen Rücksicht nehmen ... Ich sah schon vor mir, d.h. ich hörte, wie jeden Abend hünische Horden lautstark beredend, wie »geil« die Party werde, prostend und klirrend mit ihren Wodkaflaschen die Stiegen ins vierte Stockwerk stiegen. Hörte das Wummern herdgroßer Hyperwoofer und sah die Decke zittern, von all den Schritten tanzender Tunten, Mackern in Miedern, auf ihren Mottopartys, bereits die Lampe schwingen, sogar den Putz herunter mir in die Augen rieseln. Hatte ich wirklich so lange mit eiserner Hand und Terror für meinen Ruhefreiraum eingestanden, damit nun alles, alles!, wieder von vorne losging? Sollte ich wirklich wieder auf das, nach so viel Kämpfen so herrlich still gewordene Schlachtfeld ziehen müssen, bis dass der rigor mortis all meiner Gegner mir schließlich, endlich zu meinem Recht verhelfen würde?! Ich hatte gedacht, dass der Tod Smith-Gonzales' für immer mit sich bringen würde, dass es nun endlich leiser würde. Und hatte mich darin offenbar arg getäuscht.

Ans Weiterklöppeln war jedenfalls nicht zu denken. Ich legte mich auf die Isomatte und wartete, dass der Lärm versiegte, was lange Zeit nicht geschah. Erst gegen fünf, beim Dämmern, hörte ich, wie das Hämmern und Quietschen, Scheppern und Klappern und Stiefeltrampeln zunächst in das Gepolter aus Händen fallender Akkuschrauber, Sägen und Hammer überging, um sodann endlich in kollektives, kaum minder rabiates Schnarchen einzumünden. Dann schlief ich ein.

ALS ICH AM NÄCHSTEN Morgen, drei Uhr (p.m.), erwachte, umgab mich eine für diese Tageszeit ungewöhnliche Stille. Beim besten Willen konnte ich sie mir nicht erklären. Normalerweise kamen um diese Zeit die Kinder rasselnden Ranzens und plappernd vom Hort nach Hause. Das Ende der Mittagsruhe pflegte zudem die Heimwerker, Saxophonisten und Wadaiko-Trommler in ihren Wohnungen auf den Plan zu rufen, aber ich hörte von all dem nichts. War es am Ende eine dieser Kontrastgeschichten (die – gemäß den Gesetzmäßigkeiten ihrer Kompositorik – jedwedem Lärmen die ihm opponente Ruhe folgen lassen mussten), worein ich mich da verwoben hatte? So kam's mir vor. Was aber nichts bedeuten musste … Dass ich in Mustern dachte und manchmal gar wahrnahm, war meine stets eher früher als später durch die Faktizität des Reellen kurierte déformation professionelle.

Was auf der Hand lag, war, dass ich klöppeln hätte können, an diesem Herbsttag, der alles in eine dichte, unsichtbar lichte Watte packte. Aber da saß ich, mit meinem Klöppelkissen auf meinen Oberschenkeln, in meinem Sessel, und nichts geschah. Die Hände sanken zurück in den Schoß, die Finger glitten ab von den Klöppelstiften, der Blick entschweifte, entwich durchs Fenster, hinaus ins Trübe sämiger Sichtbarkeiten, ins wirre Astgeräkel durch blassblaue Luft. Der stumpfe Trübsinn einer der Dargestellten auf dem Gemälde eines fingierten Malers des Realismus (er hieß Khurt Proelhüs, das Bild *»Die Klöpplerinnen«*) fuhr seufzend in mich, und ich verstand, dass ich fürs Erste passen müsste: Bis mir mein Abend käme, würde ich nichts vollbringen. Ich zerrte den Leiterwagen aus seiner für ihn wie geschaffenen Mauernische, schloss meine Tür ab, trabte, den Wagen im Arm, die Treppe runter und trat ins Freie.

Seit Tagen war ich nicht vor der Tür gewesen. O schöne Welt! Passanten tanzten an mir vorbei, wie Geister, d.h. wie Menschen, die mir von fern vertraut erschienen, wie wenn ich sie irgendwann einmal irgendwo schon gesehen hätte, vor vielen Jahren. Die Räder des Leiterwagens ratterten über die Ritzen zwischen den Platten des alten Bürgersteiges, in denen Moos wuchs, in dem wiederum diese winzigen, kleinen Tierchen lebten, ich glaube Milben, die mir mit einem Mal sogar sympathisch waren. Alles erschien mir gut! Ich schwankte durchs Gros der Gegend, die dufte Luft einschnaubend. Es war die Diesigkeit eines verklärten Diesseits, das sich in Schwaden hüllte, die alles in einer Art mattem Glanz ergleißen ließen, was mich so komatös und glücklich stimmte. Ich war von Sinnen.

So ging und ging ich, zog ich und zog am Leiterwagen, bis ich ein gelblichgrünes, buchstabenförmiges Leuchten wahrnahm. Es kam vom Logo des von mir gesuchten Supermarktes, den ich darum betrat. Ich ratterte durch die Regalreihen des Realkaufs und suchte Zuckerstücke und Streichhölzer, die ich, als ich sie fand, in den Wagen häufte, um nicht schon vor dem Frühling erneut hierher zu müssen. Ich war ein Einkaufsmuffel. Dann fuhr ich zahlen. Während des Rückwegs zog ich den Leiterwagen quer über Wiesen, treppauf, treppabwärts, dalängs und dorthin, um noch ein wenig herumzukommen, bevor ich wieder vor meiner Haustür stünde, was aber dann doch schon recht bald der Fall war. Ich schloss sie auf.

Der Leiterwagen mit den fünf – vorher mit einer kleinen Ratsche festgezurrten – prallvollen Tüten ratterte mir hinterher über die Treppenstufen, als ich ihn in den dritten Stock hinaufzog. Dabei geschah es, dass ich, vielleicht wegen des Einzugs, der sich da in der letzten Nacht ereignet hatte – aber wer weiß schon, warum uns wann genau was wie einholt –, an meinen eigenen fernen Einzug denken musste. Es überkam mich. Flutete in mich. Machte dem Wort Er-Innerung alle invaheszente Ehre, die im gebührte. Brach in mich ein.

Ich befand mich damals in jener Phase, die ich im Rückblick mein »wochenlanges Vagabundieren« nannte. Wieder einmal hatte ich einen Job verloren, mich aber, wie immer in dieser Lage, recht leidlich eingerichtet. Der hohe Himmel, die frische Luft, die Burgerreste, die ich täglich verschlang, zum Wasser, das ich in meine Flasche füllte in den Toiletten, schmeckten mir köstlich. Es ging mir gut. Ich las viel Zeitung und war ein Parkbankdrücker, der den Pennälern, die sich oft zu ihm setzten, was von der Welt erzählte. Kein schlechter Zustand, fand ich, derart am Nullpunkt sozialer Ausgangslagen auszuharren. Alles war drin.

Und doch kam – es war im Oktober – recht jäh die Einsicht, dass es dann auch mal gut sei, mit meinem Berberleben. Sie kam als abrupter Abriss: An einem Ampelpfosten hatte ich einen Zettel kleben sehen, darauf die Wegbeschreibung. Noch Stunden vorher, ich bin mir sicher, wär ich daran vorbeigehumpelt, ohne von ihm Notiz zu nehmen. Aber in jenem Augenblick riss ich ihn kurzerhand ab. Ach ja, die Menschen. Sie folgen, wie ich noch stets bemerkte, inneren Wegen, die sie oft sogar selbst nicht kennen und die sie dann mir nichts dir nichts in eine Wohnung führen, zu deren erstaunlicher Weise nur angelehnten, maroden Türe sie dann nicht einmal einen Schlüssel brauchen. Nur einen Besen sah ich, in einer der Ecken lehnend, neben dem Kehrichthaufen an seinem Borstenende. Ganz richtig! Klopstock! Es war ein Prachtbild an Kargheit, Ikonizität und Anmutsarmut. Fast ein Gedicht …

Das Haus hatte auch damals schon keinen Aufzug, aber ich hatte ja nichts zu schleppen außer der Isomatte, der Tüte mit Klöppelsachen, die ich Wochen zuvor gefunden hatte, dem Tisch, dem Sessel und meinem Leiterwagen, den ich, wie eben wieder mit den Realeinkäufen, holterdipolternd, ins dritte Stockwerk zerrte. Ich stellte den Sessel neben dem Tisch ab, auf den ich die Klöppelsachen legte, rollte die Isomatte aus auf dem Küchenboden, quetschte den Leiterwagen in eine Mauernische, welche, was ich als Schicksalsfügung ansah, genau dies zuließ, legte mich auf die Isomatte und schlief dort ein.

Schon tags darauf früh am Morgen erschien der Hausbesitzer mit seinen Unterlagen und einem Kugelschreiber, den er mir hinhielt und den ich in schnellen Kreiseln, die meinen Namen malten, rechts unten auf dem Vertrag herumbewegte. Es war gebongt. Fast will ich sagen, dass ich, als ich mich dann am Abend des ersten Tages als stolzer Mieter an meine Arbeit setzte, erstmals als echter Klöppler fühlte. Ja, ja, so war's! Ich glaube zwar, dass Subjekte, die eine Weile lang in der Gosse auf ihrem Rücken lagen und in den Himmel blickten, in dem die Sterne funkeln, am Ende wahrscheinlicher Starausstatter werden, als, sagen wir, saturierte, von ihren Eltern ihr Utensil spendiert bekommende junge Designer-Yuppies. Ich selber war mir Beweis genug! Aber um umzusetzen, was man sich hat erbibbern müssen im Weh der Wochen, bedarf es am Ende doch der oft zitierten room-of-one's-own-behaglichen eigenen Wände. Das ist wohl wahr.

Dass sich mir die Behausung auftat nur ein paar Tage, bevor mich dann, in der U-Bahn, auch noch Gaspard entdeckte, sah ich als Eingriff geheimer Kräfte in meine Existenz. Ein neuer Anfang, den ich so nie hatte kommen sehen, rollte sich vor mir mit einem Mal aus wie ein roter Teppich, den ich beschreiten konnte, wenn ich nur wollte. Bei all dem konnte es sich nicht um Zufall handeln. Es erschien mir als Coup von jeher. Als Teil des Plans!

SOLCHES SINNIEREND, gelangte ich zu meiner Wohnungstüre, in deren Türloch ich meinen Schlüssel steckte und drehte. Ich bollerte in die Küche und räumte den für die Wochen, die ich die »samowarische Zeit des Jahres« nannte, besorgten Inhalt des Zuckerstückeregals des Realkaufs mitsamt den Streichholzschachteln in den Schrank überm Ofen. Nachdem ich den Leiterwagen in seine Nische zurückgewuchtet hatte, sah ich nach dem AB. Er blinkte. Es war eine Nachricht drauf, von Gaspard. Ob das Bolero-Jäckchen schon auf dem Weg sei, wie ich versprochen habe, fragte er wieder und wieder, da ich, um Gaspards Gestimmtheit zu eruieren, die Nachricht wieder- und wiederhörte. Er schien mir das, was er sagte, mit jenem nachdrücklichen, düsteren Ernst zu sagen, den seine Stimme womöglich annahm, wenn er begann, mit jemandem (in diesem Fall: mir) die Geduld zu verlieren. Das war nicht gut.

Gaspards Gesprächston, als ich zurückrief, war dann aber der kommod-joviale, der dich trotz klarer Worte in eine beinah väterliche Wärme hüllte. Er klang ganz sanft. Ich hatte aber auch – auf seine Eingangsfrage hin, mit der er den Hörer abgehoben hatte, ohne vorher zu grüßen – geflunkert, dass ich das Päckchen mit dem Bolero-Jäckchen sozusagen schon auf die Post getragen hätte. Er solle sich keine Sorgen machen, das mit dem Jäckchen laufe! Ich sei schon dabei es zu versäumen, d. h. zu vernähen. Er sagte Supi, und dass er froh sei, dass man sich, wie er sehe, auf mich verlassen könne. Und dann erzählte er mir von Kollegen, die nicht zu Potte kämen, und ließ dem eine Suade minutiös memorierter, pointiert kompilierter Ausfluchtsprosa folgen, was er hörbar genoss.

Gaspard erzählte, was er erzählte, wie immer, wenn er sich dieses Genres annahm, mit der für ihn typischen, belustigten Gleichmütigkeit des Berichterstatters, der kein Deut involviert war, und verstand es trotzdem, dabei, irgendwo fern am Schallrand seiner soften Designerstimme beinahe unwahrnehmbar wie voll des Zorns zu klingen, ungut vibrierend. Ich horchte. Sagte »Achnee!« und »Wahnsinn!« und gab noch viele andere dererlei Subalternitätssignale von mir, die ich in seine Rede streute. »Na gut. Salut«, sagte er plötzlich in Eile, bevor er, ohne groß abzuwarten, was ich darauf erwidern würde, unser Gespräch beendete. Klack! und das war's.

Er würde jetzt einen Cognac trinken gehen, in einer der Lokalitäten, die man nach seinem Gusto eingerichtet hatte, weil er das Sagen hatte in allen Breitengraden. Klar: Jean Gaspard! Und ich, ich saß hier und fühlte mich erstmals wirklich wie eine Märchenheldin, die Stroh zu Gold zu spinnen hatte, was ja genau genommen auch meinen Job darstellte. Ich war nichts als ein kleines Rad im Getriebe der Haute-Couture-Maschine, ein Anonymer, der auf Teufel-komm-raus zu liefern hatte, ohne dabei je zu Ruhm zu kommen. Aber, wie schon gesagt …

Das eigentlich Skandalöse an meiner Klöppler-Arbeit berührte keine Lappalien der Mehrwertschöpfung, sondern … wie soll ich's nennen … handfesten Mord! Wussten Sie, welche Zahl an Seidenspinnerlarven für einen Klumpen Faden, wie demjenigen, mit dem ich im Augenblick operierte, sterben müssen? Fünftausend Stück! Fünftausend Larven, die sonst als Falter froh durch die Luft geflogen wären nach der Verhüllungsphase: lebendigen Leibs gekocht. Mich macht das sprachlos, weshalb ich hier einfach eine der User-Meinungen von jener Website wiedergeben möchte, die mich tagelang um den Schlaf der Gerechten brachte: *Der Urkaiser der Chinesen, Fu Xi, halb Drache und halber Halbgott, mag zwar bis heute in Ruhm und Glanz erstrahlen als Inventeur des Seidenfadens. Aber nett war er nicht!*

Es war halb sieben gewesen, als Gaspard das Gespräch beendet hatte. Zeit für ein Abendessen, dann ein Pfeife, dann, bis halb elf, eine der Opern, die Gaspard neulich mit mir ge-file-shared hatte. Danach würde ich bis in die Früh am Jäckchen klöppeln. Das war der Plan. Ich griff zum Hörer, wählte die Nummer meines mir liebsten Bring-Diensts, sagte ja zum mir offerierten Perlhuhnbrustfleisch rotiert in Honig an feinen Blattsalaten, ja auch zum Rochenragout auf Wildreis, in den sich Morcheln mischten, sowie zum Nachtisch, einer Melange aus Nougat, Raspeln von Trüffeln und Macadamia-Splittern. Allesamt gute Dinge, fand ich, die man mir, ohne Zeitverzüge, auch alsbald brachte und die vorzüglich schmeckten. Doch, wirklich fein.

GENAU HALB ELF WAR'S, als ich mich, von der Oper noch etwas schluchzend, an meine Arbeit machte. Ich ging in die Küche, füllte den Topf mit Wasser und setzte ihn auf die Ofenplatte. Dann begab ich mich in meinen Sessel und legte los. Es ging auch – nach einem Anfall neuerlicher Nervosität und folgerichtiger kurzer Zuckerzufuhr – gleich gut voran. Im Haus herrschte die gleiche Friedhofsruhe wie nachts zuvor. Was mich im Nachhinein auf den Gedanken bringt, dass dieser Umstand mich hätte skeptisch machen sollen. Andererseits hätte das sicherlich auch nichts von dem verhindern können, was dann – wieder um zwölf – geschah!

Wieder waren es Schritte und Stimmen, die durch den Hausflur schallten, wieder das Rumpeln mit Möbeln, die wieder in Smith-Gonzales' Wohnung hochgetragen wurden, wobei ich wieder im ersten Moment seine Stimme hörte, womit mich – letztes Mal »wieder«! – nur meine Sinne täuschten. Alles spielte sich ab, wie gehabt. Als gelte es, mehr vom Gleichen mit mehr vom Gleichen beizukommen, griff ich erneut nach Klopstock, lauschte tatenlos an der Türe, wartete bis um fünf Uhr morgens das Hämmern, Sägen und Bohren ins schon gehörte Schnarchen umschlug, und schlief dann voll Sorge ein.

Wäre die Wiederholung all dieser Details mir erspart geblieben, nie hätte ich sie hier zur Sprache kommen lassen! Hatte Gaspard mir doch von Beginn an eingetrichtert, »niemals dasselbe nochmal« zu bringen. Das Exquisite und Singuläre galt es je als das Neue vom bereits Gewebten abzuheben. Nie zu kopieren. Die Wiederholung sei zwar geradezu die Essenz des Klöppelns. Wenn ich in der Repetition aber nicht zugleich ihr »inneres Andres als Differenz« erblicke, könne er, Gaspard, mein Honorar genauso gut in einen vollautomatisierten Webstuhl stecken. Ich denke, das war wohl wahr. Das Problem war nur, dass in die Wohnung über meiner nun einmal weiter eingezogen wurde. Und zwar in – bis hin zum Wortlaut gegrölter Sätze, bis hin zum Rhythmus des Knarrens der Treppenstufen, des Beats des Hämmerns – genau gleicher rücksichtloser, polternder Weise wie nachts zuvor. Wie Smith-Gonzales ehemalige drei kleine Zimmer noch mehr Kommoden, Schränke, Betten, Sitzecken, Sofas fassen können sollten, als sie dem gestrigen Lärm nach bereits enthalten mussten, ging mir nicht in den Kopf.

Auch in den Folgenächten zogen, die, die da einzogen, weiter ein. An einem, der übrigens unerhört stillen Tage, die jenen Nächten folgten, stieg ich die Treppe ins vierte Stockwerk ein Stück weit hoch, begab mich also in Richtung der Wohnung von Piet Smith-Gonzales, um kurz mit denen, die sie nun zu bewohnen schienen, über den Dekalog zu sprechen. Bevor ich jedoch die Tür erreichte, klingelte in meiner Wohnung unten das Telefon, was mich dazu bewegte, kehrtzumachen, um abzuheben. Es war Gaspard. Er fragte mich nach dem Verbleib des Bolero-Jäckchens, und ich versprach ihm wieder, es demnächst loszuschicken, ich sei damit in der letzten Nacht gut vorangekommen. Womit ich auch gar nicht log.

Tatsächlich befand ich mich in jenen Nächten auf dem Höhepunkt meiner Klöppelkünste. Die wenigen Augenblicke, die man mir ließ, nutzte ich für das schier Ungeheuerlichste, das man jemals gesichtet haben dürfte am Horizont havarierter Stile im Ephemeren, sprich: Meer der Modewellen. Es würde währen. Ich ahnte, das Jäckchen würde mein (d.h. Jean Gaspards) Chef-d'Œuvre werden. Ich würde ihn, meinen gütigen Protegeur und Gönner niemals im Brüsseler Regen stehen lassen. Er würde sehen!

Gaspard schien meine neue Art, für mich einzustehen, eher zu amüsieren als zu missfallen. So sehr ich auch auf Nuancen aufkommenden Unmuts lauschte in seiner Stimme, wenn er zu Wort kam, erschien er mir unverändert nett und kulant. Ich für meinen Teil tat einen Teufel, ihm irgendetwas von einem Einzug aufzutischen, der mich Nacht für Nacht bei der Arbeit störte. War ich doch sicher, dass ich mit dieser Geschichte es andernfalls direkt in die Top Ten seiner Lügenmärchensammlung schaffen und er damit an den Enden anderer Leitungen für demonstratives Kichern bei eingeschüchterten Zunftgenossen sorgen würde. Doch nicht mit mir!

SO, ZWISCHEN NÄCHTEN, in denen es weiter und weiter lärmte, merkwürdig stillen Tagen, an denen ich hätte klöppeln können, es aber vorzog, mit Klopstock lang durch die Stadt zu streifen und – gemäß eines Hobbys, dessen Reiz sich mir neulich erschlossen hatte – Blätter aufzufegen, die ich dann mit dem Leiterwagen zur nächstbesten Böschung karrte, lebte ich vor mich hin. Im Wettlauf der Zwillingsuhren mit klackernden Klöppelstiften verging die Zeit, und es wäre wohl Jahre genau so fortgegangen, hätte Gaspard nicht im Verlauf eines unserer nachmittäglichen Telefongespräche plötzlich geäußert, dass er mich treffen wolle. Heute um fünf. Er habe schon seinen Privatjet startklar machen lassen. Ich sagte natürlich zu.

Als ich mich zwei Stunden später ins Mirage aufmachte, war mir, wie ich gerne gestehe, bang zu Mute. Was mochte Gaspard wohl so eilig wollen?! War *das* die Art, wie er einen abservierte? Ein letztes Date? Obwohl Gaspard trotz seines Jets zu spät zu kommen pflegte, brach ich rechtzeitig auf. Im Mirage – in dem ich laut Stand der Zwillingsuhren bei meinem Aufbruch und meinem Gefühl für Zeitverflüge zufolge um fünf Uhr ankam – war ich der erste Gast. Ich bestellte ein Glas heißen Wassers, warf ein paar Zuckerstückchen hinein und hob es mir vor die Augen, im festen Glauben, dass ihm, bevor Gaspard erscheinen würde, noch viele weitere Gläser folgen würden. Doch noch bevor ich den ersten Schluck nahm (was ich immer erst tat, wenn sich der Zucker verflüchtigt hatte), betrat er den Raum.

Ich erkannte Gaspard sofort wieder. Was diesen Umstand erst der Erwähnung wert macht, waren die dunklen Augenringe, seine vom Raufen gesträubten Haare und die Tatsache, dass er, der so gern mit Farben gellte, mir heute in grauer Hose und schwarzem Hemd entgegenschlurfte, statt dass er glitt. Er litt! Normalerweise wäre er nicht so direkt auf mich zugekommen. Er hätte sich zuvor mehrmals in pirouettenhafter federnder Drehung, zerstreut nach mir umgesehen und wäre erst dann auf mich zugetänzelt, bevor er sich, »Cognac!« schnalzend, zu mir herabgelassen hätte, mir auf die Schulter klopfend, sich aus dem Sakko heddernd, auf seinen Stuhl. Heute kam er, ich glaube das Wort ist hier fern von fehl am Platz, regelrecht auf mich zugekrochen. Was war geschehen?

Gaspard setzte sich mir gegenüber hin. Wir schwiegen. Dann räusperte er sich und begann mir mitzuteilen, was ihm das Herz schwermachte. Die Diva, die ihn mit jenem Jäckchen, an dem ich saß, beauftragt hatte, sei leider tot. Vorgestern Abend friedlich entschlafen, aufgrund von

Altersschwäche. Es sei vorbei. Gaspard wischte sich eine Träne aus dem Augenwinkel. Es war für mich nie genau auszumachen gewesen, mit welchen Kundinnen er wie liiert war. Der Tod der Diva jedenfalls schien ihn gehörig mitzunehmen. Ich weiß nicht mehr, ob ich für meinen Teil mich erleichtert fühlte, weil ich das Jäckchen nun wohl nicht mehr fertig klöppeln müsste. Ich glaube nein. In diesem Moment, tat es mir einfach leid um die Operndiva. Leid für die Modebranche. Leid für Gaspard.

Gaspard verstummte. Eine ganze Weile saßen wir einfach da. Gaspard starrte vor sich hin, ab und zu jäh geschüttelt, von einem Grauen, das ihn erbeben machte, dann wieder Minuten nichts. Als Gaspard seine Fasson und Fassung wieder hatte, stand er auf, um zu gehen. Er leerte den Cognac, den die Bedienung ihm hingestellt hatte, ohne dass er ihn groß bestellen hätte müssen, klopfte mir auf die Schulter und sagte, ich solle trotzdem am Jäckchen weiterklöppeln, obwohl die Zeiten des fein Plissierten nunmehr vorbei sein dürften, wofür der Tod seiner Freundin gleichsam nichts als ein Sinnbild wäre. »Und nicht verzagen«, sagte er, mir einen letzten Blick zuwerfend. »Gut Ding will Weile haben!« Dann war er weg.

Ich bestellte noch viele Wassergläser mit vielen Zuckerstücken und goss sie in mich hinein. Am späten Abend, berauscht vom Zucker, torkelte ich heim. Im Treppenhaus meinte ich ein Gepolter wahrzunehmen, als ob die Einzöglinge in ihre Wohnung zögen. Aber das lag an der Überdosis, war nur Glukose-Humbug, halluziniert. Hätte ich sie doch sonst sehen müssen! Es war aber nichts zu sehen.

DIE NÄCHSTEN TAGE und Wochen vergingen schleppend. Ich klöppelte nur noch sporadisch und ohne Verve. Ich glaube, ich ließ mich gehen. Von Gaspards Selbstmord erfuhr ich durch eine Zeitungsmeldung. Gaspard hatte sich, wenn die Meldung stimmte, in seiner mit Champagner gefüllten Badewanne, verpuppt mit Chinaseidenfäden, spätnachts ertränkt. Ich las den Artikel wieder und wieder und spürte mich dabei in den dunklen Abgrund stürzen, über dem ich, verfangen in meine Spitzensachen, solange gehangen hatte. Ich legte die Zeitung beiseite und erwog, was zu tun sei. Nach reiflicher Überlegung, holte ich Klopstock aus seiner Zimmerecke, öffnete eins der Schallschutzfenster und flog davon.

GRUNDIEREN

Der Maler, er war ein Maler, nahm einen Pinsel, der auch ein Pinsel war, ja. Genau so war es. Er tauchte ihn in die Farbe. Die Farbe Weiß war's. Darin ein Pinsel und zwar besagter Pinsel, der gut gebaut war, gut konstruiert, o ja. Er hatte Borsten, die von der Krempe aus Aluminium am Schaft (des Pinsels, dies für die Einfaltspinsel) eingefasst worden waren, so dass sie hielten, in einer Halle, in der man Pinsel herstellt, und nun hing Farbe in ihm, dem Borstenbärtling. Vorhin erwähnte – vor ein paar Zeilen angerührte, schneeige – Farbe hing in dem Pinsel, in seinen – wie eben angeklungen: buschigen – Borsten, die – wie beschrieben – davon schon weiß warn und wohl von Schweinen stammten, die man gefüttert hatte, in weiten Ställen auf fernen Höfen, um sie alsdann zu schlachten im Schliff der Schlachtermesser, wie sie die Schmiede schmieden seit eh und je.

Die Farbe, die auf Acryl basierte, hatte der Maler, qua Druck der malerischen gefleckten Finger, aus einer Tube auf die Palette quellen lassen. Nicht aquarell-aquatisch noch gar pigment-staubtrocken, weder-zu-fest-noch-flüssig war sie hervorgesprudelt. Soviel zur Farbe, die allenfalls minimal zu fest war, wie der Maler jetzt doch bemerkte, weshalb er ihr etwas Wasser beigab. Das Wasser, das aus der Leitung gluckste, war staatlich sauber. Man hätte es auch gut trinken können, so köstlich keimfrei war es. So klar und reinlich. Es schillerte in den Tönen, in denen Wasser schillert. Es kam aus Rohren, die durch die Erde bis in Gebäude führten, in denen Wellen wogten, d. h. zu Speichern, aus denen Wasser schäumte, hin zu den Menschen, die da an Hähnen drehten, woraus es stürzte, das gute Wasser, von dem sie tranken, mit dem sie spülten, sich wuschen und in welchem sie die Kartoffeln kochten, zu Steaks von Schweinen, die in den Pfannen brieten, und die sie sich schmatzend einverleibten. Ganz wie der Maler, wenn ihn der Hunger packte. Das kam schon vor.

Ach ja! Der Maler! Den gab es ja noch, den Maler, und zwar als Maler, der manchmal malte und, wie berichtet, nun einige Tropfen des Wassers auf die Palette spritzte. Pling, plingpling, pling und pling, so klang es, kein Bisschen plingeliger, wollte der Maler doch seine Farbe, die allenfalls minimal zu fest war, auch nicht zu flüssig haben. Nun hieß es rühren. Damit sich ja keine Klümpchen bildeten in der Farbe, die leise schmatzte, wie wenn sich Schweine suhlten im Dreck oder Neuschnee aus Harz und Kalkpigmenten. Im Pinsel hing alsbald Farbe, die optimal zu sein schien. Unser Maler jedenfalls war zufrieden. Er brauchte den Pinsel nur noch zur Leinwand zu heben und auf und ab zu führen, bis sie durch und durch weiß in weiß erstrahlte, als gält's die Welt zu weißeln. Was auch alsbald geschah.

DANK

In je unterschiedlicher Weise haben einige Menschen zur Entstehung des Buches in seiner vorliegenden Form beigetragen. Für ihre Hilfe und Anregungen bzw. für die freundliche Begleitung auf dem Weg zur Veröffentlichung möchte ich mich besonders bedanken bei Andrea Oliveros, Ursula Gahl, David von Westphalen, den Familien Snela und Cid-Zinsmeister, Philipp Winter, Daniel Weiss, Dagmar Leupold, Matthias Lottner, Martin Theis, Peter Moos, Jessica Sabasch, Tom Müller, Moritz Schildge, Lucia Leidenfrost, Benjamin Schreuder, Jürgen Wertheimer, Wolfram Lotz, Sandra Hoffmann, Katrin Lange, Migaku Sato, Brigitte Kronauer und Michael Zöllner.

Herzlichen Dank an die Stiftung Künstlerdorf Schöppingen, die Kunststiftung Baden-Württemberg und den Förderkreis deutscher Schriftsteller in Baden-Württemberg, deren finanzielle Unterstützung mir die Arbeit an den Texten ermöglicht hat.

Unter Verwendung von Zitaten aus: Hanns Bächthold-Stäubli / Eduard Hoffmann-Krayer (Hg.) – *Handwörterbuch des Deutschen Aberglaubens*, Gilles Deleuze – *Differenz und Wiederholung*, Matti Hako – *Das Wiesel in der europäischen Volksüberlieferung mit besonderer Berücksichtigung der finnischen Tradition*, Carolyn M. King / Roger A. Powell – *The Natural History of Weasels and Stoats*, Heinrich Eduard Maukisch – *Das Jagen, Fangen, Zähmen und Abrichten der Thiere* und Walt Whitman – *Grashalme.*